한숨 자고 일어나면 모든 게 평온해지는

마음의 물리치료실

배누 지음

일러두기

한숨 자고 일어나면 모든 게 평온해지는

마음의 물리치료실

배누 지음

지콜론북

1부

냉각치료

❅ ❅ ❅

3부

전기치료

⚡ ⚡ ⚡

프롤로그

오늘 하루는 어떠셨나요?

저는 하늘이 맑은 날에는 몸이 가뿐하고, 반대로 비가 쏟아지기 전에는 몸이 찌뿌둥하게 느껴지곤 합니다. 몸의 신호는 아침에 눈을 뜨면 금세 알아차릴 수 있습니다. 문득 마음의 신호는 어떤 모습일지 궁금해졌습니다. 하루에도 다양한 감정들이 스쳐 지나갑니다. 지나간 과거와 알 수 없는 미래, 다른 사람과의 관계, 오늘 마주친 풍경과 맛있게 먹은 음식 등에서 스스로 알아차리기 어려울 정도로 작은 감정들이 차곡차곡 쌓여 갑니다. 그런 순간이 모여 마음에도 다양한 날씨가 생깁니다. 맑을 수도, 흐릴 수도, 거센 태풍이 올 수도 있습니다.

그렇다면 마음의 날씨는 어떻게 확인하면 좋을까요? 몸의 신호를 알아차리는 것처럼 마음의 신호에 귀 기울이는 시간이 필요하다는 생각을 했습니다. 더운 날에는 옷을 가볍게 입고, 비가 오는 날에는 우산을 챙기고, 추운 날에는 따뜻하게 몸을 데울 수 있도록 마음의 일기 예보를 볼 수 있다면 변화에 잘 대처하는 사람이 될 수 있을까요.

그래도 여전히 뭉치고 결리는 마음의 근육이 부드러워지기 위해선, 시시콜콜한 것들을 지나치지 않고 바라보는 과정이 필요합니다. 일상 속에서 느껴지는 찰나의 감정을 글과 그림으로 담아내게 되었습니다.

몇 시에 일어나야 기운이 나는지, 오늘의 끼니는 무얼 먹어야 좋을지, 나를 잘 알아가는 일이 지친 마음을 보듬어 주는 시간이라 여기며 하루의 속도를 천천히 살아가고 있습니다.

놀란 근육을 치료하는 것처럼 뜨거운 마음을 차갑게, 굳어 있던 마음을 말랑하게, 멍하던 마음에 작은 신호가 전해진다면 좋겠습니다. 손으로 펼친 페이지가 당신의 일상을 비춰 주는 조명이 되길 바랍니다. 그 아래에서 한숨 자고 일어나 곁에 있는 작은 것을 바라보고 미소 지을 수 있기를.

＊＊＊

1부

❋ ❋ ❋

냉각치료

※ ※ ※

속도 30km 낭만

거리의 초록이 맑은 빛을 내는 5월의 어린이날, 귀여운 조카들을 보러 가다 숲길을 만났다. 내비게이션을 따라갔을 뿐인데, 짝꿍과 나는 초여름에만 느낄 수 있는 말랑한 연둣빛에 휩싸이게 되었다. 이 시기에만 느낄 수 있는 투명한 색. 새로 돋아난 아기의 손 같은 작은 잎이 나뭇가지 위에서 인사했다. 일정이 없다면 차에서 내려 손을 흔들며 걷고 싶었다.

천천히 지나가고 싶은 마음에 그가 운전하는 속도

가 느려진 줄 알았는데, 표지판에 30이라는 숫자가 쓰여 있었다. 유네스코 생물권보전지역이라는 말과 함께. 속도를 줄이는 일로 이 풍경을 보호할 수 있다면 기꺼이 느려져도 괜찮았다. 때마침 윤석철트리오의 「Gentle Wind」가 스피커에서 나오고 있었다. 그 순간, 맑은 멜로디를 만나 햇빛을 머금은 잎이 더욱 투명해 보였다. 숲길의 시작과 끝을 채워 주는 8분 2초. 바람에 흔들리는 나뭇잎을 닮은 그 곡이 규정 속도 30km를 낭만적으로 만들었다. 우리는 매해 연두색 계절에 꼭 다시 찾아오자고 약속했다.

하지만 그 약속은 지켜지지 않았다. 한여름엔 숲길의 초입에 있는 절에 들러 연꽃을 보고, 가을엔 차에서 내려 숲길을 따라 걸으며 단풍 구경을 했다. 연두색이 오기도 전에 그곳에 물건을 깜박 두고 온 사람처럼 숲을 자주 찾았다. 잦아지는 발걸음에 문득 '이 많은 나무에게 이름이 있을 텐데…'라고 생각했다. 뭉뚱그려 나무라고 부르고 있자니 무안했다. 이름이 버젓이 있는데 이름으로 불릴 수 없는 나무의 마음을 생각하니 먹먹해졌다. 얼마나 오랜 시간을 서 있으면 하늘에 닿을 것처럼 높게 뻗어 있는 걸까. 서 있는 자리를 굳건히 지킨다는 건 어떤 의미일까. 내 키의 세 배가 넘어 보이는 나무의 눈에 우리는 얼마나 작은 사람일지 짐작하기 어려웠다.

숲에는 잣나무, 소나무, 서어나무 등 다양한 나무가 있었지만, 전나무는 끝없는 직선 같았다. 빼곡하게 줄 지어 있는 전나무 숲은 유난히 고요했다. 세상의 많은 이야기가 나무 사이로 사라지는 것 같았다. 끝없이 이어지는 자연 속에서 사람은 작은 존재로 느껴졌다. 그 속에서는 큰일처럼 붙잡고 있던 고민도 하나의 점처럼 변했다.

내 안에 담아 두고 싶지 않은 마음이 쌓여 가는 날에는 그 앞을 찾아갔다. 어느 계절이든 숲길에 들어서면 한결같이 배경음악이 깔린다. 숲의 노래가 시작되면 우리는 어김없이 조용해진다. 누가 얘기를 꺼내지 않아도 충분하니까. 우리는 방지 턱이 있는 구불구불한 길을 살금살금 지나간다. 숲이 우리가 온 걸 눈치채지 못하도록.

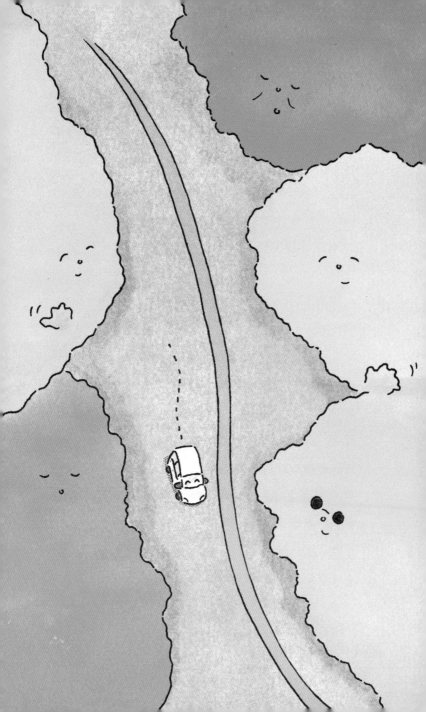

사계절의 재생 목록

음악에는 계절과 날씨가 있다. 봄의 포근함과 여름의 무더위가, 가을의 건조함과 겨울의 서늘함이 들어 있다. 우리가 사계절 동안 느끼는, 언어로 표현하기 어려운 감정까지 담겨 있다. 특히 연주곡을 들을 때 더 깊게 깨닫는다. 음악을 듣다 보면 음악가는 악기를 통해 세상을 감각하는 사람일 거라고 멋대로 단정 짓는다.

한때 가사가 없는 곡을 듣기 어려워했다. 즐겨 듣던 음악에는 가사가 있었고, 가사에서 드러나는 아름다움

을 좋아했다. 가사가 없는 연주곡을 들으면 곡이 진행
될수록 그 안에서 길을 잃고 정신이 아득해지는 기분
이 들었다.

어느 날 차 안에서 가사 없는 연주곡이 흘러나왔다.

"어떻게 듣고 있어? 어려운 것 같아."

옆에 있는 짝꿍에게 물었다. 그는 박주원의 「밀크쉐
이크」를 틀더니, 두 명의 밀크쉐이크 장인이 나와서 서
로의 기술을 선보이며 최고의 밀크쉐이크를 만드는 모
습을 상상해 보라고 했다. 밀크쉐이크 경합이라니, 무
슨 얘긴가 싶었다. 그러나 이야기를 듣자마자 신기하
게도 그 모습이 그려졌다. 음악에 이미지를 더하니 음
이 더 또렷하게 들려왔다.

그 이후로는 가사가 있다면 그 가사의 느낌대로, 가
사가 없다면 나의 느낌대로 음악을 듣는 사람이 되었
다. 짝꿍과 나의 재생 목록은 금세 여러 장르로 퍼져
나갔다. 내가 관악기의 소리를 좋아한다는 사실은 수
많은 곡을 들으며 알았다. 스스로 깨닫지 못했던 취향
을 다른 이의 방식으로 새로 알아가는 일. 상대방을 알

아가는 동시에 나를 알아간다.

이전의 나는 좋은 음악을 들어도 그 한 곡만 들을 뿐, 앨범 전체를 듣지 않았고 연주자의 다른 음악도 찾아보지 않았다. 전부를 알지 못해도, 작은 마음이어도 좋아한다고 말할 수 있지 않을까. 처음부터 한 앨범에 수록된 모든 곡을 들으려 무리하지 않는다. 우선 끌리는 것부터 차근차근 가까워지려고 한다. 그렇게 좋아하는 곡을 찾고 그것을 자주 들으면 되는 것이다. 그러다 궁금한 마음이 생기면 다른 음악도 들어 본다. 한 곡에서 앨범 전체로 넓혀 간다. 몰랐던 다른 모습을 차츰 알아 간다면 더 오래, 더 깊이 사랑할 수 있게 된다. 짙은 감정이 담긴 재생 목록은 오래도록 함께할 수 있다.

유튜브 뮤직에는 한 해가 지나면 'Recap' 앨범이 만들어지는데, 계절마다 자주 들었던 음악을 모아 준다. 나만의 봄, 여름, 가을, 겨울 재생 목록이 만들어진 것이다. 간혹 '어? 이런 노래도 들었나?' 하고 재생해 보면 금세 작년의 풍경 속으로 돌아간다. 음악을 들으며 과거로 여행을 떠난다. AI 스피커로 그 목록 중 한 곡

을 요청한다. 그럼 자주 듣던 음악 두 곡 정도가 나오
는데 그다음 한 곡은 처음 듣는 노래다. 새로운 곡이
마음에 들어 전체 앨범을 찾아서 들어 보며 만들어진
올해의 재생 목록이 다음 해의 든든한 양식이 된다. 인
기 차트 속 노래는 잘 모르게 되었지만, 사계절의 재생
목록은 반복되는 시간만큼 계속 늘어 간다.

❋ ❋ ❋

미지근한 취미

친척 오빠와 동네 단골집에서 만나 저녁을 먹었다. 서로의 근황을 말하다 보면 그 시점에서 가까운 경험이 자연스레 먼저 나오는데 그때의 관심사는 와인이었다. 와인에 대한 지식은 없어도 마트에서 라벨의 이미지를 한참 구경하다 마음에 들면 고르는 재미가 꽤 컸다.

"요즘 와인을 마시고 있어!"

좋아하는 친구가 생겼을 때, 그 친구에 대해 계속 말하고 싶어 근질근질한 상황처럼 참지 못하고 말이

튀어나왔다. 오빠는 내 얼굴빛이나 사소한 말에 큰 관심을 기울였다. "친구가 와인 모임을 하고 있는데, 관심 있으면 한번 가 볼래?"라며 친구의 연락처와 와인 정보를 확인할 수 있는 앱을 알려 주었다. 좋아할 것을 탐구하던 나에게 방향이 생긴 저녁이었다.

전에도 취미 모임에 나가 보려 했지만, 첫 대면에서 "안녕하세요, 처음 뵙겠습니다. 제 이름은…"라며 인사하는 장면이 떠올랐다. 잘 모르는 사람들과 인사하는 어색한 상황을 떠올리기만 해도 견디기 어려워 신청 버튼을 누르지 못하고 페이지를 닫았다.

그런데 와인 모임은 덜컥 나가기로 했다. 우선 오빠의 친구가 모임을 주최하기에 덜 부담스러웠고 장소도 집에서 두 정거장으로 멀지 않았다. 그래도 긴장감을 조금 덜고자, 와인을 함께 마시는 짝꿍과 가기로 했다. 보문역 근처의 모임 장소에 도착하니 작은 공간의 중심을 담당하는 큰 스테인리스 테이블과 의자, 그 위에 매달린 은은한 조명, 와인 잔과 간단한 식기가 있었다. 작아도 와인을 따를 공간은 충분했다.

❊ ❊ ❊

'송포도장'이라는 이름의 와인 모임은 첫 만남에서 사적인 부분을 드러내지 않아도 되는 점이 좋았다. 새로운 자리에서 나이나 직업에 대한 질문을 주고받는 게 싫어서 모임에 대한 거부감을 가지던 나였다. 고정된 틀이 씌워지는 기분이 들었으니까. 그런데 언니, 오빠, 형, 누나 등의 호칭을 떼어 내고 '님'으로 통일하자, 벽이 허물어졌다.

예전엔 그냥 스쳐 지나가던 건물이었는데, 한 번 그곳을 다녀온 이후로 짝꿍과 나의 심리적 아지트가 되었다. 그 장소에 있으면 외딴섬인 것처럼 외부와 동떨어진 기분이 들었고, 빨리 감기 버튼을 누른 것처럼 시간이 훌쩍 지나갔다. 와인을 마시고 서로의 느낌을 공유하다 보면 한낮에 만나 새벽을 맞이하는 일이 꽤 자주 있었다. 자주 나오던 사람들과 자연스레 친해지면서 알게 된 각자의 이야기는 달라도, 와인이라는 관심사가 우리를 묶어 주었다. 모임이 아니었다면 만나지 못했을 좋은 사람들과 사계절이 두 번 반복되는 동안 우리는 그곳에 마음을 두고 살았다. 와인을 마시면 보물찾기를 하는 기분이 든다. 코르크를 열기 전까지 누구도 맛을 알 수 없다. 지역과 포도 품종으로 기본적인 맛을 유추할 수 있으나 생산 연도에 따라 같은 와인이라도 전혀 다른 와인이 된다.

와인을 즐기는 방법에 정답은 없지만 간단히 세 단계로 나눠 볼 수 있다. 먼저 눈으로 와인의 색이 들어온다. 짙은 빨강, 햇빛처럼 빛나는 노랑, 낙엽을 닮은 갈색 등. 색을 천천히 감상하고 코로 향을 맡은 다음 입으로 향한다. 두 번째로, 말로써 온전히 설명할 수 없는 감각의 영역을 더듬거리며 이야기를 나눈다. 그러다 보면 신기한 상황이 벌어진다. 각자 다르게 느낀 맛과 향에 대해 말하고 들은 후, 다시 와인을 마셔 보면 내가 느끼지 못했던 그 맛과 향이 느껴진다. 사람마다 느끼는 감각은 다르지만 설명을 통해 상대방에게도 전해진다. 감각이 공유되는 순간, 공감대라는 원이 그려진다는 걸 알게 되었다. 그리고 마지막으로 와인을 차분히 둔다. 잔에 담긴 와인은 시간의 흐름에 따라 계속 변화한다.

처음과 끝이 전혀 다를 수 있다. 일관성이 있을지 놀랄 만큼의 반전이 있을지, 어느 쪽이 더 좋은지 겪어 보지 않으면 모른다. 직접 경험하기 전에는 단언할 수 없는 특성이 바로 와인의 매력이지 않을까. 은근히 계속 열어 보고 싶게 만드는 맛의 세계. 와인은 일상 속의 작은 도전이다.

잘 알지 못하는 일에 뛰어드는 시도, 생각과는 달라도 실망하지 않는 태도, 가만히 내버려 두는 시간의 힘. 모두 와인에게 배운 것이다. 그리고 모임을 운영하는 송포도 님을 보며 미치도록 좋아하는 것이 있는 사람은 영롱한 빛을 뿜어낸다는 걸 알게 되었다. 그리고 우리는 그의 빛을 따라 와인에 빠지게 되었고 어느덧 그의 취향과 우리의 취향에 교집합이 생겼다. 좋은 취향을 가진 사람을 만나 지금의 삶을 꾸리고 있다. 애호가라고 말할 만큼 열정적일지는 모르겠지만 생활 속에 와인이 녹아 있다. 이젠 미지근해도 좋다. 우리의 계절을 보냈던 송포도장은 사라졌지만 와인은 영원히 곁에 있으니 그걸로 충분하다.

노래로 건네는 위로

타인에게 슬픈 감정을 드러내지 않았다. 자칫 어리광을 부리는 모습으로 보일까 봐. 그때 밖에서 나의 근황을 묻는다면 표면적으로는 잘 살고 있는 모습이었을 것이다.

"그럼요, 별일 없죠!"

언제나처럼 카톡 프로필에 올려 둔 사진 속 밝은 웃음과 비슷하게 웃으며 대답했다.

그럼에도 도저히 웃을 수 없는 날이 있었다. 회사에서 한 프로젝트를 진행했는데, 함께하던 두 업체끼리 실랑이를 벌였다. 나는 중간에서 양쪽의 화를 다 달래야 했다. 일의 특성상 소통하는 역할이 많았고 나름 연차가 쌓인 나는 그런 상황에 태연하게 대처하는 법을 알았다. 하지만 싸움은 진정되지 않았고 욕설이 난무했다.

아무리 감정을 배제한 채로 회사에 다녀도 버거웠다. 기운이 쪽 빠져 게임 속 캐릭터의 에너지 바가 바닥을 보인 것과 비슷한 상태였다. 저녁을 먹을 기운도 없었다. 방으로 돌아와 모든 표정이 사라진 얼굴로 침대와 한 몸이 되었다. 1시간 정도 자고 일어나니, 낮에 해결되지 않은 감정이 먹구름처럼 밤에 몰려왔다. 매일 밤, 짝꿍과 영상통화를 했는데 그날은 애써 밝은 표정을 지었지만, 그는 바로 알아차렸다.

"무슨 일 있었어?"

나는 입을 꾹 다물고 고개를 저었다. 화면을 빤히 바라보던 그는 아무 말없이 노래를 들려줬다.

"힘들다 말해도 돼요. 괜찮아요. 바보 같지 않아요."

노래가 시작하자마자 울음이 왈칵.

"세상엔 많은 사람이 슬퍼도 울지 못한 채 살죠. 눈물 흘려요. 이제껏 참을 만큼 참았어요."

여기부터는 엉엉 울었다. 하림의 「위로」라는 노래였다. 말 대신 노래를 건네는 그가 이해되었다. 듣고 싶은 말이 가사에 전부 들어 있었다. 아, 속상하고 슬플 땐 눈물을 참지 말고 울면 되는구나. 감정을 억누르지 않아도 되는 거였다.

사회생활을 시작한 이후로 소리 내어 운 기억이 적었다. 눈물을 흘리고 싶은 날에는 가족이 모두 잠든 푸른 새벽에 아주 조용히 숨죽여 울었다. 우는 게 부끄러워서 그런 게 아니라 그 순간을 방해받고 싶지 않았다. 그런데 그의 앞에서는 목 놓아 울 수 있었다.

한바탕 울고 나니 화면을 다시 보기 멋쩍어 웃어 버렸다. "울다가 웃으면 어디에 털 난다는데~"라며 너스레를 떠는 그의 목소리에 나는 결국 경쾌하게 웃었다. 나를 지우고, 아무렇지 않은 척하는 건 시들어 가는 일일지도 모른다. 겉으로 미소를 지을수록 반대로 마음에 어둠이 차곡차곡 쌓여 간다. 감정을 드러내는 일에도 연습이 필요하다. 엉엉 소리 내며 울 수 있는 사람이 있다는 건 어떤 시련이 와도 한바탕 울고 다시 일어날 힘을 준다.

시간이 한참 지나, 우리는 여느 때보다 늦은 시간에 영상통화를 했다. 힘없는 목소리로 전화를 받는 그에게 곽진언의 「자유롭게」라는 곡을 들려줬다. "자기야 자유롭게 쉽잖은 세상이지만 알잖아. 나는 언제나 네 편인걸"이라는 가사로 시작한다.

"자유롭게 네가 되고 싶던 모습이 되면 돼. 천천히."

그는 당시 직업을 바꾸기 위해 퇴사하고 공부하던 시기였다. 취업의 커다란 문을 버겁게 여느라 지쳤던

❋❋❋

그의 어깨를 직접 토닥이지는 못해도, 작은 화면의 거리를 넘어 위로를 건네고 싶었다. 거창한 위로가 아니더라도 힘든 순간을 정확하게 알아차려 주는 한 명이 있다면 세상은 좀 더 너그러워지지 않을까. 우리는 노래를 공유하며 서로의 단단한 버팀목이 되어 주었다.

여름의 한 잔

나는 머리를 싸매고 앉았다. 오늘까지 그림 작업을 끝내야 하는데 도저히 그려지지 않는 시간의 반복이었다. 아침 내내 앉아 있어도 길이 보이지 않았다. 점심 시간을 지나가니 스케치북을 앞으로 넘겨 어제의 그림 뒤로 숨고 싶어졌다. 눈앞의 백지는 본래의 크기보다 광활해 보였다.

"한잔할까?"

오후 2시쯤 더위가 한창일 무렵 짝꿍에게 온 메시지.

❄❄❄

"그래, 대신 딱 한 잔만!"

과연 지킬 수 있을지 모를 다짐을 적어 답을 보냈다. 나는 반주를 즐기므로, 한 잔이란 단어를 자주 쓰는데 그때마다 꼭 여름이 떠오른다. 퇴근 후 마시는 시원한 한 잔. 하루 종일 데워진 몸에 상쾌함을 주지만 그 이상이 되면 다시 더워진다. 딱 한 잔이 좋다. 더위를 식혀 줄 오늘의 한 잔은 무엇이 좋을지 고민하며 시계를 보았다. 짝꿍의 퇴근까지 5시간이 남았다. 서둘러 작업실에서 나와 주방으로 향했다. 컵을 모아 둔 선반에서 무게감 있는 유리잔을 꺼내 냉장고에 넣었다.

방금까지 무거웠던 마음도 냉장고에 넣었는지 자꾸만 흐흐 웃음이 새어 나왔다. 기쁜 마음으로 책상 앞에 앉아 순서를 떠올렸다. 먼저 냉장고에서 더위를 식히고 있는 유리잔을 꺼낸다. 얼음, 탄산수, 상큼한 레몬 한 조각도 함께. 다른 날보다 지쳤다면 단맛이 도드라지는 위스키를, 씁쓸함을 감당할 수 있는 마음일 때는 쌉싸름한 향이 나는 위스키를 고른다. 유리잔에 얼음, 위스키, 탄산수, 레몬을 넣고 덜거덕 소리를 내며 경쾌하게

휘저어 주면 어느덧 기분 좋은 묵직함이 느껴진다.

이렇게 완성된 한 잔만 떠올려도 마음에 시원한 바람이 불었다. 지금이라면 넓은 백지를 마주할 수 있을 것만 같았다. 조각나 있던 머릿속 스케치가 한데 모여 작품의 형상으로 선명해졌다. 결과를 만들지 못한 시간은 잘못 보낸 것처럼 허망하게 생각했는데, 그렇지 않았다. 아무것도 하지 않은 건 아니다. 백지를 채워나가려 앉아서 채웠던 시간. 그 시간이 모여야 선이 그려진다는 사실을 다시금 깨달았다. 잊지 않으려 노력하지만 조급한 마음이 들면 잊곤 한다.

아이스 커피가 담긴 컵의 표면을 바라보았다. 주룩주룩 물이 맺히는 모양새가 식은땀을 흘리는 내 모습 같았다. '조급해하지 말자'고 생각하며 토닥이듯 물방울을 쓸어내린 뒤 축축한 손으로 연필을 잡았다. 이제 짝꿍의 퇴근까지 4시간이 남았다. 잠시 후 냉장고 안의 컵은 시원해지고, 오늘의 작업은 완성될 것이다. 그리고 한 잔은 어느 때보다 달콤할 것이라고 단언해 본다.

나를 밝히는 디저트

아래로 가라앉는 기분이 드는 어느 오후. 쌓여 있는 집안일을 제쳐 두고 마냥 누워 있고 싶었다. 마음에는 곧 비가 쏟아질 것처럼 먹구름이 가득 꼈는데 바깥의 풍경은 야속하게도 화창했다.

"밖으로 나가자!"

짝꿍에게 말했다. 지금 사는 동네에는 카페거리가 있는데 가운데 하천을 두고 양쪽으로 카페가 가득하다. 한 번쯤 이름을 들어 본 프랜차이즈 카페 중에서 어딜 가 볼까 두리번거리다 눈에 띄는 가게를 만났다. 가까이 다가간 벽에는 프랑스어와 빵을 굽고 있는 제빵사들의 모습이 타일에 새겨져 있었다. 사전을 찾아보니 'Pain au levain' 타일에 있던 단어의 뜻은 발효빵이었다. "사워도우 파는 곳인가 봐!" 하고 들어간 매장에는 발효빵이 프랑스 가정의 식탁에 놓여 있는 것처럼 제각각 듬직한 모습이었다.

이름표와 함께 진열되어 있는 구수한 빵들은 보기만 해도 든든해졌다. 고개를 돌려 마주한 디저트 쇼케이스는 파리의 샹젤리제 거리가 떠올랐다. 까눌레, 에끌레어, 치즈케이크, 마카롱. 이름을 부르면 금세 기분이 좋아지는 디저트들이 모여 빛을 내고 있었다.

돈이 넉넉하지 않던 20대에 친구와 첫 유럽 여행을 떠났다. 우리는 '여길 언제 또 오겠어'라는 생각으로 기대만큼 빼곡한 일정을 계획했다. 그렇게 계획에 쫓기는 여행을 하면서, 하루는 날이 선 채로 지금은 기억도 나지 않는 이유로 다퉜다. 그다음 날, 나는 샹젤리제

거리에서 마카롱으로 유명한 베이커리에 가고 싶었다. 각자 여행하기엔 겁이 많던 우리는 데면데면한 상태로 함께했고, 친구는 밖에서 기다린다고 했다. 나는 화려하고 반짝거리는 가게에 한껏 구겨진 모습으로 들어갔다. 귀중한 보석처럼 반짝이는 마카롱을 보고 있으니 괴리감이 느껴졌다.

어울리지 않는 장소에 있는 기분이 들었다. 쇼케이스에 비친 뾰루퉁한 얼굴이 부끄러웠다. 누가 쫓아오는 것도 아닌데 황급히 한 가지 맛을 골라 밖으로 나왔다. 기대했던 마카롱이었는데 어떤 맛을 골랐는지 기억나지 않고, 마카롱은 씁쓸한 것으로 남았다.

그런데 이 가게의 마카롱은 작은 전구 같았다. 은은하게 마음을 밝혀 줄 것만 같았다. 우리는 바닐라 마카롱, 유자 마카롱, 그리고 따뜻한 아메리카노를 가지고 자리에 앉았다. 부드럽게 부서지는 마카롱을 베어 물고 감탄했다.

"우리 만약 크게 싸우게 되면 화해의 의미로 마카
롱 모든 맛을 사 오자! 상대방이 마카롱을 들고 돌
아오면 웃을 수밖에 없을걸."

그는 좋은 생각이라고 했다. 무적의 마카롱. 모든
부정적인 감정을 사르르 녹여 아무리 무뚝뚝한 사람이
라도 미소 지을 맛이었다. 가라앉는 기분도 온데간데
없이 사라졌다. 가벼운 마음으로 밖에 나오니 가게의
하늘색 간판과 테라스의 노란 의자처럼 맑은 하늘에서
햇빛이 내리쬐고 있었다.

영감님, 영감님!

외치면 어디에서 오는 걸까? 애타게 불러 보지만 영감은 뚜렷하지 않다. 분명 앞에 있는데 보이지 않는 먼지 같아서 알아차리기 어렵다. 영화에서 보면 번뜩하고 번개가 내리치는 순간이 있던데. 아이디어가 재빠르게 떠오르는 일은 드물었다. 2022년, 1일 1 그림 프로젝트를 진행했다. 하루에 한 장을 그리는 계획이었다. 금세 그리고 싶은 소재가 떠오르는 날도 있었지만, 대부분은 마감 시간까지 고민에 빠졌다. 자정 전

에 그림을 마무리하고 싶었다. '뭐 그리지?'라는 생각
이 1년 내내 뒤통수에 찰싹 달라붙어 있었다.

1년 동안 나는 관찰자였다. 관찰자에게 주어진 업무
는 방랑하는 거다. 책상 앞에 앉아 전지적 시점으로 나
의 뒷모습을 바라본다. 오늘 먹은 밥, 조금 전 책에서
읽었던 문장, 집 안에 있는 물건들. 앉은 채로 집 안을
서성인다. 집 안의 것들을 속속들이 살펴보다, 바깥에
관심을 둘 때쯤 정신을 차리고 의자에서 일어난다. 창
문을 열고 바람을 살핀 뒤 성큼성큼 걸어서 집 밖으로
나선다.

노래도 듣지 않고 무작정 걷는다. 산책길에 만난 개
나리, 돌멩이에 핀 작은 풀, 물가에 떠 있는 청둥오리.
일상을 살짝만 비틀어 본다. 의외의 모습을 가진 부분
에서 눈을 떼지 못한다. 긴 시간 눈에 담아 온 짐을 종
이 위에 풀어 둔다. 그림이 되어 가는 걸 보려면 부지
런히 움직이고 부지런히 앉아야 했다.

늘 보던 것에서 다름을 찾아내는 일. 있는 그대로 보
는 것이 아니라 다른 모습을 상상해 보는 일. 어쩌면 귀

여움을 발견하는 일은 직선 같은 삶을 살짝 들어 올려 멋진 그래프를 만들기 위함이 아닐까. 좋아하는 방향으로 고개가 돌아가고 그 대상을 천천히 바라보면 그동안 보이지 않던 모습이 보인다. 무언가 발견하는 과정은 시선과 마음을 주고받는 일일 것이다. 가장 오래 머무르는 시선 속에서 오늘의 그래프가 만들어진다.

❄ ❄ ❄

실은 짙은 파랑이 좋아서

　　어릴 적, 우리 가족은 여름방학이면 동해에 자주 갔다. 내가 물을 좋아하는 아이는 아니었다. 묵직한 앨범에 끼워진 사진들 속에서 나는 수영복을 입은 채 울고 있었다. 몸보다 큰 튜브를 낀 채 옅은 파도에도 들어가지 못하고 큰 울음을 터뜨리는 모습이 이어졌다. 바다와 모래가 만나 파도가 세게 너울지는 그 앞에서 더 깊숙이 들어가지 못했다. 그 순간들을 필름 카메라에 담아 준 아빠의 시선 너머는 어땠을까. 분명 큰 소리로 웃으며 조리개와 셔터 속도를 조절하고 '찰칵' 버튼을 눌렀을 것이다.

발이 닿지 않는 깊은 바다는 무서웠지만 해 질 녘 아빠와 함께 소라 껍데기와 조개껍데기를 주으러 돌아다니는 바닷가는 사랑했다. 그때만큼은 거의 말라 가던 샘들이 다시 축축해져도 괜찮았다. 무늬가 아름다운 껍데기를 찾아 헤매다 보면 파도 소리와 고요함만 남았다. 곁에 아빠가 있는 것도 잊을 만큼. 한참 동안 모래사장에서 눈을 떼지 못하고 있는데, 멀어졌던 아빠의 말이 들렸다.

"위를 봐! 노을이 예뻐!"

그제야 떨군 고개를 들고 붉게 물드는 하늘을 바라보았다. 해가 저물며 어두워지는 바다가 무서웠던 나는 슬쩍 아빠의 손을 잡았다.

주워 온 조각들을 보물처럼 가지고 돌아오면 어김없이 책상에 올려 두었다. 바다에 떠밀려 온 파편들은 여름을 지나 방 안으로 바다를 데려와 주었다. 소라 껍데기를 귀에 대고서 눈을 감자, 그 바닷속에서는 자유

로운 내가 보였다. 수영을 못해도 푸른 물결과 하나가
되고 싶었다. 동네 뒷산에 있는 문화센터에 수영을 배
우러 다녔고, 더디지만 배영까지 익힐 수 있었다. 하지
만 바다 수영은 떠올리기만 해도 몸이 굳어 버려서, 여
름에 꼭 물놀이를 가지 않아도 미련이 없었다. 바다에
들어가기보다 멀리서 바라보는 쪽이 마음이 편했다.

　시간이 많이 흘러 수영의 감각이 잊힐 무렵, 지인에
게 소개받은 바닷가 근처의 카페에 가게 되었다. 커피
를 마시고 나와 작은 해변을 바라보니 물은 고요했고
바닥이 보일 만큼 투명했다. 파도가 넘실대면 물속의
발이 어디쯤 있는지 몰라서 무서웠는데, 훤히 보여서
그 속에 들어가 잔잔한 물결을 가르고 싶어졌다.

　그래도 아무런 준비 없이 맨몸으로 들어가기란 어
려웠다. 근처 마트엔 휴가철과 어울리는 물놀이를 위
한 상품이 한쪽에 모여 있었다. 튜브가 좋을까, 구명조
끼가 좋을까 고민하던 중에 해먹 튜브가 눈에 들어왔
다. 양쪽에 가로로 긴 두 개의 튜브 사이에 그물이 있

었다. '그래, 이거라면 수영을 못해도 바다에 누워 있을 수 있잖아?' 박스에 그려져 있는 사용법에 내 모습을 얹어 보았다. 나쁘지 않았다. 마트에서 나와 다시 바다를 향해 달렸다. 공기를 머금으며 부풀어 오르는 튜브만큼 기대감도 점점 부풀었다.

해먹 튜브를 양손에 꼭 쥐고 천천히 바다로 들어갔다. 오랜만에 맡는 특유의 짭조름한 냄새가 발가락 사이로 흩어졌다. 나는 계속해서 나아갔고, 바다는 몇 번 밀어내는 행위를 반복했다. 물은 겨우 허리까지 차올랐지만, 진중한 무게에 꽤 긴장되었다. 그래도 발바닥에 맞닿는 부드러운 모래에 안도했다.

짝꿍이 찍은 사진에서 마주한 얼굴은 예전과는 달랐다. 나의 얼굴은 빵빵해진 튜브와 닮았고, 더 이상 울지 않았다. 물이 무서운 줄 알았는데 실은 아득함이 두려웠던 것이다. 해먹 튜브를 사고 투명한 바다에 눕기를 잘했다고 생각했다. 바다를 껴안고 싶은 마음이 되었다. 이번에는 아빠와 줍던 소라 껍데기 대신 카페에서 자그마한 파랑 컵을 데려왔다. 찰랑찰랑하게 물

　　　　　　　❊ ❊ ❊

을 따르면 한 손에 바다가 담겼다.

　전에 없던 바다에 대한 그리움이 여름을 더욱 좋아하게 만들었다. 나는 바닷가 근처에 사는 사람들의 이야기를 찾아보며 물속에서 자유로워지는 몸의 감각을 상상했다. 마음만 먹으면 바로 풍덩 빠질 수 있는 동네에 살고 싶다. 그곳에선 여름 내내 겉옷 속에 수영복을 입고 다닐 텐데.

　어른에게는 방학이 언제일까. 바다 근처에서 살 수 있다면 삶을 방학처럼 살아갈 수 있으려나. 파랑 컵에 입을 맞추며 짝꿍과 함께 바다로 떠날 날을 꿈꿔 본다.

※※※

반만 누운 소파

짝꿍을 만나고 살아갈 집에 대한 대화를 자주 나눴다. 각자 원하는 부분은 달라도 우리의 거실에 소파가 없으면 좋겠다는 말에 동감했다. 나도 이왕이면 침대에서 쉬는 편이 좋다고 생각했다. 게다가 소파의 자리는 아담한 거실의 반 이상을 차지할 것 같았다. 대신 넓은 식탁을 두기로 했다. 사람은 2명이지만 식탁은 6인용으로. 거실 한가운데 놓인 식탁은 우리에게 식당이자 카페이며 도서관이 되어 주었다.

　그 넓은 식탁에서 그림 작업도 했는데 작은 문제가 있었다. 고개를 살짝만 돌려도 해야 할 집안일이 눈에 들어왔다. 선을 조금 긋다 청소기를 돌리고, 색칠하다 말고 빨래를 널었다. 온전히 그림만 바라볼 공간이 필요했다. 그림 그리는 시간이 점점 길어질 무렵, 비어 있던 작은 방 하나를 작업실로 꾸미자고 마음먹었다.

　해가 강하게 들어오는 방에 일부러 커튼을 한쪽 창만 달았다. 남겨 둔 한쪽 창을 가득 채운 큰 하늘과 산을 물끄러미 바라보는 일은 집 안에서 찾은 휴식이었다. 큼직한 참나무 책상과 오래 앉아 있기에 적당한 작업용 의자도 하나 생겼다. 의자는 뒤로 젖히는 기능이 있어 책상에 앉아 있기 힘들 때면 등받이에 기대 창문을 바라봤다.

　하루는 구름이 흘러가는 하늘을 더 크게 보고 싶어 작업실 바닥에 누워 보았다. 시선을 옮기니 침대에 누워 천장을 바라보는 것과 전혀 달랐다. 한강공원 잔디밭에 누워 하늘을 바라보는 상쾌함과 비슷했다. '눕다'라는 동사는 말하거나 듣는 것만으로도 편안해진다. '잠간 누워 볼까' 생각하면 몸은 금세 누울 준비를 한다. 어쩌면 눕기 위해 하루를 보내고 있을지도 모른다. 온전한 휴식은 죄책감을 느끼지 않는 쉼이라고 하던데, 그러려면 오늘 치 앉아 있음을 먼저 채워야 했다. 앉아 있는 일은 노력이 필요하다. 엉덩이가 지치지 않도록 잠시 의자에서 멀어지는 일도 노력에 포함된다. 더 오래 앉아 있기 위해 종종 눕기를 택했다. 부드러운 침대에 몸을 맡겼는데 저항할 수 없는 잠이 쏟아졌다. 그럴 때면 곤히 잠들었고 눈을 뜨면 상쾌한 몸과 대비되게 무거운 마음이 찾아왔다.

잘 쉬면서 잠들지 않을 방법을 찾다가 친구의 집에 놀러 갔다. 한편에 놓인 좌식 소파에 앉았는데, '이거다' 싶었다. 앉은 것도 아니고 누운 것도 아닌, 반만 누운 소파에 몸을 기대니 딱 그만큼만 쉴 수 있었다. 일과 잠 중간에서 잠시 멈춰 있는 기분이 들었다. 중간에 잘 머무르는 일, 그건 내가 찾던 휴식이었다. 지금도 작업실에 부드러움을 더하기 위해 몸에 딱 맞는 1인용 좌식 소파를 찾아 헤매고 있다. 휴식과 업무의 경계선에 앉아

서 지금을 다스리고 있다며 기특한 마음으로 쉬어갈 나
를 상상한다.

*** *** ***

바짝 말리는 걱정

눈을 뜨면 생각이 밀려오는 아침이 있다. '아, 어제 온 메일에 답장을 보내야지', '친구 생일이 이번 주에 있었는데…', '엄마한테 연락 안 한 지 오래됐네'. 이런 작은 생각들이 둥실둥실 떠오른다. 생각 풍선들로 복잡해지는 머릿속을 정리하는 간단한 방법이 있다. 설거지를 한다.

이때 중요한 포인트는 평소 설거지 속도보다 천천히 해야 한다. 따뜻한 물을 받은 볼에 세제를 풀어 휘저어 준다. 투명했던 물에 거품이 올라온다. 자, 이제 상상이 필요하다. 눈앞에 보이는 그릇들을 머릿속 걱정이라고 생각한다. 다른 모양과 크기의 접시들이 만드는 어지러움을 정리해 본다. 나는 남아 있는 음식물을 먼저 닦아 준 후 가장 큰 접시를 아래에 두고, 크기별로 차곡차곡 쌓아 올린다. 자연스럽게 순서가 정해지는 것이다. 많은 생각이 떠오른다면 설거지를 하는 과정처럼 한 가지씩 꼼꼼히 보면 된다.

***

　음식이 담겼던 그릇들은 거품과 물을 만나 원래의 상태로 돌아간다. 물기를 최대한 털어 내고 그릇 정리대에 차곡차곡 쌓아 간다. 물기와 함께 고민과 걱정도 같이 털어 낸다. 몇 시간 뒤, 건조해진 그릇들을 정리하며 말라 버린 감정들을 바라본다. 복잡한 머리도, 더러워진 그릇도 닦아서 말리면 그만이다. 나는 요즘에도 마음의 불순물이 신경 쓰이면 싱크대로 향한다. 특별한 준비물 없이 평온함을 얻는다.

잃어버린 이층집

퇴근 후 집에 바로 가기 싫은 날이 있었다. 이유 모를 답답함을 느끼는 저녁, 버스에서 내려 걷기 시작했다. 우리 가족은 이사를 몇 번 다녔지만 한 동네를 벗어나지 않았다. 나는 키가 작은 건물이 이어져 있는 그 동네를 사랑했다. 가로수의 키도 똑같이 작았는데, 그 모습은 질리지 않고 사랑스러웠다. 그런데 몇 해가 지나면서 건물과 가로수의 높이가 자랐고, 동네의 키가 커지면서 특유의 납작함이 사라져 버렸다.

골목을 미로찾기 하듯이 빙빙 돌면서 익숙한 이미지를 기대했다. '여기에 아름다운 마당이 있는 집이 있었는데….' 내 추억은 뽑힌 사랑니 같았다. 분명 있었지만 지금은 없는 것. 자리하던 감각만 남아 있었다. 허전한 골목길 끝으로 언덕길이 이어졌다. 그 길을 따라 졸업한 중학교가 나왔다.

옛 모습을 간직하고 있는 곳은 중학교가 유일했다. 수많은 학생이 오고 간 만큼 세월의 흔적이 남아 한 사람의 시절을 그대로 담아 주는 공간이었다.

"오랜만이네."

혼잣말하며 운동장 한편의 벤치로 발걸음을 옮겼다. 발끝에 걸리는 작은 돌멩이들이 마음속에서 달그락거리는 것 같았다. 벤치에 앉으니 유난히 하늘이 가까웠다. 언덕을 올라왔을 뿐인데 하늘이 납작해진 느낌이었다. 예전에 작은 집이 이어진 골목길을 걸을 때도 같은 느낌을 받았었다. 그때는 지금보다 키가 작은 아이였는데도 머리 위로 하늘이 가깝게 느껴졌다. 학교 건물과 붙어 있는 운동장이 하늘을 가까이 볼 수 있는 망원경처럼 보였다. 바람을 따라온 모래 냄새가 중학생 시절을 떠올리게 했다.

그때 살던 이층집, 참 좋았는데. 그 집을 전체적으로 볼 수 있는 사진이 한 장도 없다는 사실에 슬퍼졌다. 철문이 있고 나무로 둘러싸여 있는 집. 부모님의 로망이 담긴 마당이 있는 집이었다. 지금도 눈을 감으면 마당에 돗자리를 깔고 다 같이 밥을 먹고 누워 바람을 맞던 장면이 또렷하다. 나는 그곳에서 나무들과 함께 자라며 계절을 배웠다.

봄을 가장 먼저 알려 준 목련, 여름에 꽃을 피워 달콤한 열매가 달리던 대추나무, 가을을 노랗게 물들이던 은행나무, 특히 가장 좋아하던 나무는 결실의 의미를 가르쳐 준 감나무이다. 감나무 가지에는 주황색 감이 복주머니같이 주렁주렁 매달렸다. 높다란 나무에서 감을 딸 때, 아빠는 위쪽에 있는 감은 집에 놀러 오는 까치를 위해 남겨 두었다. 나는 내년의 풍요를 기도하며 까치밥을 남기는 따뜻한 마음이 그다음 해의 감을 불러들였다고 믿는다.

　수확한 감은 가까이 사는 친척과 나누어 먹어도 남아서, 집안 곳곳에 감이 담긴 바구니가 늘어 갔다. 그래서 아빠는 바구니의 반을 나눠 겨울에 먹을 수 있도록 홍시를 만들었다. 소주를 붓고 감을 넣은 하얀 플라스틱 통을 보일러가 뜨겁게 움직이던 안방 한편에 두었다. 홍시를 좋아하는 나는 달력에 있는 날짜를 지워 나가며 겨울을 기다렸다. 냉동실을 가득 채운 감은 겨우내 간식이 되었다. 뜨끈한 방바닥에 엎드려 펑펑 내리는 눈을 바라보며 차가운 홍시를 퍼먹으면 차가운 눈이 입안으로 소복이 들어오는 것 같았다. 그런 안락한 시절이 있었다.

　원하는 기억을 영상으로 재생할 수 있다면 얼마나 좋을까. 1, 2층을 오가며 시절을 보낸 집의 소중함을 알았을 때, 그곳은 이미 사라지고 없었다. 남겨진 곳에서 잃어버린 곳을 생각했다. 묵묵히 자리를 지키던 학교가 슬픈 마음은 내려 두고 가라고 속삭이는 듯했다. 노을이 붉게 물든 하늘 아래라면 아쉬움과 이별이 가능할 것 같았다.

〈〈〈

2부

⟨⟨⟨

온열치료

여름과 겨울의 감자샐러드

지도 앱에 맛집을 저장해 두는 취미가 있다. 아직
가 보지 않은 집은 회색으로, 갔는데 맛있던 집은 하늘
색으로 표시한다. 맛있는 음식을 먹고 집에 돌아오는
날이면 다녀온 동네에 애정이 생긴다. 집 근처 이외에
자랑할 수 있는 동네가 생겨 볼록 나온 배만큼 마음도
든든하다. "맛집 추천해 줄 수 있어?" 하고 친구가 물
어본다면 기쁜 마음으로 "어느 동네?" 하고 되묻는다.
나의 좋은 기억이 친구의 일상에 전해지기를 바라면

서, 몇 번이고 맛집이 표시된 지도를 들여다본다.

다른 동네에 방문할 일이 생기면 달력에 스케줄을 적어 둔 후 곧장 지도를 열어 본다. 가 본 적 없는 동네라면 콧노래를 부르며 검색하지만, 이미 다녀온 맛집이 있는 경우에는 조금 난처해진다. 지도 위 하늘색 점으로 바뀐 맛집은 다시 들르고 싶은 곳이라서 새로운 곳으로 직진하기에 눈치가 보인다. 단짝 친구를 두고 다른 친구와 놀러 가는 느낌이랄까. 불편하지만 요즘은 새로운 경험을 위해 가 보지 않은 곳을 선택하는 편이다. 우연히 그곳에서 좋은 친구가 생길 수도 있으니까. 그렇게 약속 장소가 정해지면 문을 열고 들어가는 상상을 한다. 어느 자리에 앉을지 고민하는 나의 뒷모습을 떠올리며 기대한다.

종로에 한동안 찜해 두던 맥줏집이 있었다. 친구의 친구에 대해 많은 얘기를 들어서 이미 내 친구같이 느껴지는데 사실 한 번도 만나지 못한 사이, 그 집과 나의 관계가 그랬다. 종로에는 맛집이 많았고 지하철역

과 버스정류장, 어디에서도 가깝지 않다는 핑계로 만
남을 미뤘다. 무더운 여름날, 우연히 친구에게서 그 맥
줏집의 이름을 들었을 때 '드디어 보는구나' 싶었다.

　소개팅을 나가는 사람처럼 약간 긴장한 채 맥줏집
에 들어가니, 빙 둘러앉을 수 있는 바 자리에는 손님으
로 가득했다. 그 너머의 벽에 붙어 있는 생소한 맥주
의 이름들이 예전 주택가에 집마다 걸려 있던 명패처
럼 보였다. 바 자리에 앉고 싶었던 아쉬운 마음은 접어
두고 어감이 좋아 보이는 맥주를 선택하고 메뉴판에서
가장 위에 있는 음식을 주문했다.

　맥주가 앞에 놓이고 뒤따라 나온 볼케이노 감자샐
러드는 작은 접시 위에 가득 흘러내리는 소스가 이름
그대로를 표현하고 있었다. 한 스푼 떠서 입에 넣으니
땅콩, 셀러리, 옥수수콘, 양파, 감자 순서로 다양한 맛
을 느낄 수 있었다. 폭발적인 첫인상과 달리 섬세한 매
력을 지닌 감자샐러드에 반하고 말았다. '다음엔 꼭 바
자리에 앉겠어'라고 다짐하며 지도 앱에 하늘색 점을
찍었다.

한겨울, 문득 감자샐러드가 그리워 친구와 맥줏집에 다시 찾아갔다. 자리에 앉아 덜 낯설어진 맥주의 이름들을 보는 동안 감자샐러드가 내 앞에 놓였다. 모양새는 여전히 멋있었지만 한입 먹다 말고 고개를 갸우뚱했다. 앞에 놓인 음식은 분명 같았지만, 여름과 겨울의 감자샐러드는 전혀 다른 맛이었다. 여름의 감자샐러드는 쾌활한 친구와 수다를 떠는 것 같았는데, 겨울의 감자샐러드는 과묵한 친구와 잔잔히 대화하는 것 같았다. 게다가 무더운 여름날 목구멍으로 청량하게 들어오던 라거맥주는 겨울이 되자 냉소적이었다.

'묵직한 음식엔 비슷한 무게감이 어울리지.' 흑맥주를 추가로 주문했다. 서먹해진 감자샐러드를 바라보고 있으니 함께 온 친구와 나의 첫 만남이 떠올랐다. 고등학생 때 낯을 가리던 나는 늘 새 학기가 어려웠다. 먼저 다가가기는 겁이 나고 누군가 다가오기엔 차가운 첫인상을 가지고 있어 친한 친구라 부를 수 있는 사람은 소수였다. 친구는 나와 정반대로 밝고 쾌활한 첫인상을 가지고 있었다. 하루는 등교해서 멍하니 앉아 있는데 그 친구가 요거트를 건넸다. "엇, 이거 내가 좋아하는 요거트야" 하고 놀랐는데 친구는 내가 자주 먹는 모습을 보고 사 온 것이라고 했다. 우리는 같은 요거트를 먹으며 단짝이 되었다.

매일 동네에서 만나거나, 만나지 못하는 날에는 밤늦게까지 영상통화를 하곤 했다. 옷을 사러 갈 때도, 머리를 하러 갈 때도, 좋은 일이 생겨도, 서로가 힘든 시기에도 함께 웃고 울었다. 그러다 취업, 결혼으로 예전처럼 자주 만나기 어려워졌는데 그때의 나는 혼자 보내는 시간이 익숙하지 않았다. 영원히 가까운 사이로 지낼 거라는 어린 생각에 변화를 마주하니 혼란스러웠다.

하물며 감자샐러드도 계절마다 어울리는 맥주가 다른데 영원히 똑같은 사이는 없다는 걸 왜 몰랐을까. 겨울의 감자샐러드에 흑맥주를 주문하듯 관계의 변화에도 유연한 대응이 가능했다면 마음이 덜 아팠을까. 사회생활을 하고 다양한 관계를 겪으며, 이제는 친구 관계를 예전과 똑같이 유지하려고 애쓰기보다는 자연스럽게 만나는 쪽을 택하게 되었다. 열린 마음으로 계절에 맞는 맥주를 선택할 수 있는 사람이 된 것이다.

친구와 나의 관계는 여름을 시원하게 만들던 라거 맥주보다 묵직한 흑맥주가 어울리는 사이가 되었다. 청량한 맥주도 묵직한 맥주도, 어느 쪽이 더 좋고 나쁜 건 없다. 우리가 친해질 수 있도록 먼저 손을 건네준 친구 덕분에 무더운 여름을 무사히 보낼 수 있었다. 조만간 친구와 감자샐러드에 흑맥주를 마셔야겠다.

갓 나온 두부 조각

누워서 스마트폰을 보다가 무겁게 감기던 눈이 떠졌다. 서평단 모집에 관한 글을 읽었는데 좋아하는 작가의 신간 소설, 무려 가제본 책을 받고 서평 하는 일이었다. 신청서를 작성하고 그날 밤은 침대 위에서 뒤척거렸다. 간절하던 마음이 통했는지 며칠 뒤 책 처방전이라는 봉투와 함께 책이 도착했다. 봉투의 모양새는 약국에서 주는 것과 비슷했는데, 복용법을 적을 수 있어 흥미로웠다. 3일 동안 저녁에 90쪽씩 복용하겠다며 수기로 빈칸을 채웠다.

가제본 책의 표지는 보통의 책과 다르게 하얀 바탕에 까만 글자가 전부였다. 더운 날씨로 인해 배송 중에 데워진 책은 종이가 막 인쇄되었을 때의 따뜻한 온기와 비슷했다. 흰색의 따뜻함, 마치 갓 나온 두부와도 닮았다. 첫 장을 넘기려고 하는데 어릴 때 심부름을 가던 슈퍼가 떠올랐다.

"두부 주세요" 하면 주인아주머니는 얇은 천을 들고 초록색 판에서 한 조각을 꺼내 은은한 하늘색 봉투에 담아 주었다. 그때는 지금의 마트에서 구할 수 있는 두부처럼 플라스틱 통에 담겨 있지 않았기에 부서지지 않도록 조심스러운 발걸음으로 집에 돌아가곤 했다. 그렇게 가져간 하얀 두부는 으스러질 듯이 연약하더니 빨간 옷을 입고 당당히 식탁에 올라왔다. 나도 요리에 참여한 기분이 들어 웃음 짓던 날이었다.

처방전에 적은 복용법이 무색하게 첫 장을 펼치자 과다복용하기 시작했다. 소설 속 인물들이 살아 움직

였다. 책을 읽다 보면 머릿속에서 자연스레 영상이 만들어진다. 후루룩후루룩. 책장이 넘어가는 소리가 들리는 소설을 만나면 기쁘면서도 괴롭다. 숨 쉴 틈 없이 밤새 붙들고 기어이 마지막 장을 덮어야 한다. 그러고 나면 표지의 앞뒷면을 물끄러미 바라본다. 표지에 있는 제목과 이미지가 마지막 문장의 마침표를 다시 찍어 준다. 그러나 이번 가제본 책은 표지에 제목만 있었기에 어떤 표지가 어울릴지 마음속에서 그림을 그려 보게 되었다. 혼자 생각한 장면을 표지에서 만나는 일도 기쁘지만 나만의 이미지를 빈 표지에 이어 갈 수 있어서 즐거웠다.

과정을 좋아하는 사람과 결과에 집중하는 사람의 차이는 무엇일까. 식당에 창가 자리가 남아 있음에도 바 자리를 선호한다면 그 차이를 이미 알고 있을 것이다. 어떤 재료가 들어가는지, 천천히 달궈지는지, 센 불이 사용되는지 과정을 보고 먹는 음식과 바로 음식을 먹을 때의 맛 차이는 분명히 있다. 그리고 주방의 열띤 분위기 속에서 펼쳐지는 한 편의 연극을 볼 수 있다. 연극이 끝나면 앉은 자리 앞에 그릇이 놓인다. 과정을 보며 기다리는 동안 흐른 군침이 맛을 더욱 또렷하게 만들어 준다.

"과정과 결과 중 어떤 걸 고르시겠어요?"라는 질문을 받는다면 과정으로 마음이 향한다. 과정을 겪으면 결과까지의 내용을 모두 알 수 있다. 결과가 한 컷의 그림이라면 과정은 뽀얀 도화지 위로 차근차근 덧대지는 물감의 조화니까. 완성된 그림 한 장에는 보이지 않는 이야기들이 숨어 있다. 작품을 만들기 위해 조심스러운 터치로 자신의 길을 찾아가는 신비로움을 즐긴다. 두부 심부름에 뿌듯함을 느끼던 어린이였던 나는 여전히 과정이 보이는 일을 좋아한다.

서평단 후기를 작성하고 얼마 뒤 집 앞에 책 한 권이 도착했다. 감사하게도 출판사에서 실제 출간된 책을 보내 주었다. 상상 속 표지와는 달랐지만 한눈에 이해되는 그림이었다. 표지 속 그림을 바라보니 소설 한 권이 파노라마처럼 지나갔다.

널 끌어안으면

결혼하면서 구름이와 이별했다. 구름이는 10년 전에 우리 가족이 된 강아지이다. 짝꿍과 만나니 이별이 따라올 줄이야. 만남과 이별은 동시에 찾아온다. 얼굴에 검은콩이 반들반들 박힌 귀여운 구름이는 서울에, 나는 경기도에 살게 되었다. 아무도 없는 집에 혼자 있는 게 쓸쓸했다. 구름이도 여기로 이사 오면 좋겠다는 생각을 하던 와중에 그가 말했다.

"형이 하양이 두 달만 맡아 줄 수 있냐고 물어보는데?"

"그럼! 완전 가능!"

결혼 전 짝꿍의 형네 부부를 만나러 상해에 갔었다. 그곳엔 새하얀 털과 푸른 눈을 가진 고양이가 있었다. 사람을 좋아해서 처음 보는 내 옆에 착 붙어 있었던 모습이 기억났다. 귀국이 결정되고 한 가족의 대이동이 시작되고 있었다. 가족도, 가족이 사용하는 물건보다도 먼저 오게 된 하양이. 고양이 집사가 될 거라곤 상상도 못 했는데. 임시직이지만 고양이에 대해 공부했다. 집에서 가장 아늑한 공간에 작은 담요를 깔아 두고 장난감도 하나, 둘 늘리기 시작했다.

하양이를 다시 만나는 날, 인천으로 차를 몰며 새벽 공기를 한껏 마셨다. 그리고 뱉는 숨에 긴장이 섞여 있었다. 혼자 배를 타고 오는 내내 어떤 것도 먹지 않았다는 이야기를 듣고 마음 졸이던 우리는 도착 후 간식을 조금 먹었다는 말에 안도했다. 그 순간 배에서 꼬르륵 소리가 크게 들려왔다. 긴장이 풀려서 그랬는지, 새벽같이 일어나서 그랬는지 모르겠다. 밖에서 아침을 먹고 들어갈까 음식점을 검색하다 하양이와 눈이 마주쳤다. '무슨 밥이냐! 하양이는 꼬박 3일을 먹지 못했는데.' 뒷자리에 있는 하양이에게 계속 말을 걸고, 눈도 마주치면서 곧장 집으로 돌아왔다. 둘이 들어 오던 집에 셋이 들어왔다. 하양이는 온 방을 구경하고선 낯선 기색도 없이 침대 위에 턱 하니 올라갔다. 오히려 그 모습을 바라보는 우리가 낯설어하고 있었다. 늘어지는 하양이를 따라 침대에 누웠다. 그렇게 셋의 동거생활이 시작됐다.

하양이는 아침이면 우리를 깨웠다. 평일엔 짝꿍이 밥을 주고 출근했는데, 주말에도 정확히 그 시간에 배가 고픈 것이었다. 처음엔 팔을 톡톡 건드리다가 점점 과감해져서 얼굴을 툭툭 치곤 했다. 또 그림을 그리고 있으면 책상 위로 올라와 내가 마시던 물을 마시곤 했다. 물이 없나 하고 그릇을 확인해 보면 꽉 차 있는 물을 보고 웃음이 나왔다. 엉뚱한 행동들에 무슨 생각을 하고 있는 걸까 궁금해하기도 했다.

마음이 많이 지친 날이었다. 생각처럼 일이 흘러가지 않아 생각이 생각을 키워 그 속에 갇혀 있었다. 빠져나오기 위해 책을 펼쳐도 금세 한 문단 안에 갇혀 버렸다. 무거운 마음을 내려놓듯 침대 위로 몸을 던졌다. 불도 켜지 않은 채 일찍 찾아온 어둠 속에 누워 눈가가 촉촉해지려는 찰나, 하양이가 뒤따라 침대로 사뿐히 올라왔다.

내 마음의 공허함을 알아챈 걸까. 옆으로 누운 내 품에 쏙 들어와 몸을 비비는 하양이. '무슨 일 있어? 마음이 힘들면 나처럼 부드럽게 누워 있어도 괜찮아'라고 말해 주는 것 같았다. 동그란 그 아이를 꽉 끌어안았다. 서늘했던 마음이 포근함으로 채워졌다.

두 달에서 일 년으로 늘어난 동거생활. 겨울에는 가장 따뜻한 곳을, 여름에는 가장 시원한 곳을 기막히게 찾아내는 현명함을 가진 아이였다. 나도 하양이처럼 유연하게, 머물고 싶지 않은 곳에 갇히지 않고 스르르 빠져나오는 방법을 배웠다. 길 건너편 아파트에 이사 온 가족에게 돌아갈 시간은 다가왔고, 내심 우리 집에 더 머무르길 바랐지만 이별은 갑작스럽게 왔다. 처음 우리 집에 들어왔을 때와 비슷한 찬 바람이 부는 시기에 하양이는 원래 가족에게 돌아갔다. 든 자리는 몰라도 난 자리는 안다고 했다. 하양이의 부재가 크게 다가왔다.

가까이 있고 싶은 마음에 좋아하는 마음이 드러난다. 하양이는 내 품으로 오고, 나는 하양이를 그림 속으로 데려갔다. 하양이가 아니었다면 영영 몰랐을 세상을 만나면서 좁은 나의 마음이 활짝 열렸다. 더 이상 우리 집에 살지 않아도, 마음속에서 영원히 함께 있다. 둘이 꼭 끌어안고서.

나의 농도를 찾아서

"맛없는 커피를 즐기기에는 인생이 너무 짧다."

원두를 자주 구매하는 답십리 카페의 벽에 있는 문장. 호들갑을 떨고 싶을 정도로 공감해서 커피를 기다리며 그 앞에서 고개를 한참 동안 끄덕이게 된다. 내가 커피를 마시는 건 카페인보다 맛 때문이다. 사실 맛있는 커피와 보낸 시간은 얼마 되지 않았다. 그전까지 커피는 씁쓸함의 상징이었다. 하기 싫은 일도 기꺼이 해야 하는 어른의 미소 같았다.

어쩌다 커피를 마시는 날에는 속이 울렁거리고 잠들기 어려웠다. 커피를 받아들이지 못하는 몸이었다. 나는 카페인에 총량의 법칙이 있다고 믿는데, 어릴 적 이모할머니 곁에 앉으면 주시던 믹스커피를 홀짝홀짝 마셔서일까. 내가 감당할 수 있는 카페인은 믹스커피로 다 채워졌을 거란 생각을 했다.

대학생 시절, 길거리에 카페가 점점 늘어나고 과제를 하기 위해 동기들과 카페에서 시간을 오래 보내게 될 때쯤에 커피에 다시 도전해 볼 마음을 먹었다. 천 원을 내면 리필 음료로 아메리카노를 받을 수 있었다. 이외의 음료를 추가로 주문하기엔 가벼운 주머니 사정을 생각하면 아메리카노를 마시는 선택이 적절했다. 태운 듯한 맛이 싫어 매번 주문할 때 에스프레소를 반만 넣어 달라고 말했다. 그렇게 반쪽짜리 아메리카노를 마셨다.

하지만 아무리 에스프레소의 양을 줄이고 희미하게 만들어도 고유의 특성은 드러났다. 보리차 색상의 아메리카노를 마실 때도 탄 맛은 여전했다. 묽어진 아메리카노는 줄어들지 않고 얼음이 녹아 오히려 양이 점점 늘어나고 있었다. 여섯 달쯤 지났을까, 커피와 친해지려는 마음을 접었다. 더 이상 과제의 괴로움에 맛의 괴로움까지 더하고 싶지 않았다. 좋아하려 애써도 좋아지지 않는 것들이 있다. 애초에 좋아하는 마음은 노력으로 이루어지는 일이 아니었다. 나는 다시 초코라떼, 생과일주스 등 논커피의 자리로 돌아갔다.

누군가 "커피 마실래?" 건네는 말에 마시면 잠을 못 잔다고 대답했다. 커피와 현저히 멀어진 어느 날, 치즈케이크가 맛있는 카페를 발견했다는 짝꿍의 손을 잡고 한성대입구역으로 향했다. 도착한 카페의 카운터 뒤편에 작은 찻잔이 가득했다. 원목으로 이루어진 큰 선반에 빼곡히 모여 있는 찻잔은 각양각색이었다. 선반 속에 같은 모양은 거의 없었지만 찻잔들은 이미 그 자리에 오게 될 것을 알고 있었다는 듯이 조화로웠다. 빼앗긴 시선을 메뉴판으로 옮기고 알아차렸다. 이 카페는 아메리카노를 팔지 않았다. 맨 위에 핸드드립 '오늘의 커피'가 쓰여 있었다. 그동안 커피에 마음을 쓰지 않아서, 핸드드립에 대해 처음 안 날이었다. 갑작스러운 호기심이 생겨 평소와 달리 커피를 주문하고 싶어졌다.

"혹시 내가 커피를 못 마시면 이것도 마실 수 있어?"

내 질문에 고개를 끄덕이는 그를 보며 오늘의 커피와 생크림이 소복하게 올라간 카페비엔나, 그리고 치즈케이크를 주문했다. 바리스타는 시간이 조금 걸린다며 자리로 가져다주겠다고 했다. 진동벨을 통해 커피를 주고받는 방식에 익숙했던 나는 낯선 마음으로 자리에 앉았다. 나는 바리스타가 커피를 신중하게 내리는 얼굴을 멍하니 봤다.

"오늘의 커피와 카페비엔나, 치즈케이크입니다."

조금 전의 표정을 떠올리며 조심스럽게 잔을 들었다. 오늘의 커피는 내가 알던 쓰고 탄 맛이 아니라 다른 맛을 가지고 있었다. 카페인의 작용인지, 생소한 경험에서 오는 긴장감인지 구분되지 않는 마음속 진동벨이 울리는 것 같았다. 마음이 다시 커피의 세계로 이끌렸다. "어때? 속은 괜찮아?"라고 물어보는 짝꿍의 말이 따뜻한 커피에 온기를 더해 주었다. 집에 돌아와 핸드드립에 대해 찾다가 우연히 성북동 카페의 바리스타가 작성한 글을 읽게 되었다.

"핸드드립은 조심스럽게 뜸을 들여 수막과 공기로 이루어진 방을 만듭니다. 그 위에 가는 물줄기를 얹어 방 안에 물을 채우고 중력에 의해 커피의 향과 맛을 끌어냅니다. 마시고 난 후엔 몸 안에 남은 향기에 주목하세요. 행복감이 있다면 내게 맞는 커피입니다."

나에게 맞는 농도가 궁금해졌다. 고정관념이라는 좁은 공간에서 한 발짝 나아가려면 새로운 방을 여는 용기가 필요했다. 바리스타의 문장으로 커피에 대한 마음의 문을 열자 커피만의 방이 생겼다. 그때부터 나의 농도를 찾는 여정이 시작되었다. 관심을 두지 않아 모르던 세상을 들여다보면 그곳에는 이미 많은 사람이 있다는 것을 알게 된다. 마음을 쓰는 만큼 그 이해의 폭이 넓어지는 것이다. 같은 취미를 함께 즐기는 사람을 동호인이라 부르듯이 커피를 즐기는 사람을 '커피인'이라고 부르고 싶어졌다.

커피인이 된 나는 커피를 위해 하루의 공간을 따로 마련한다.

"음, 이번 원두는 어떤 맛이 날까."

사 온 원두를 잘 갈아 필터가 있는 드리퍼에 털어 내고, 물을 데워 커피를 내리는 시간만큼은 전문가에 견줄 만한 표정을 짓는다. 처음 물을 부을 때, 가장 집중하게 된다. 물줄기를 조심스럽게 부으면 원두가 오븐에 들어간 빵처럼 잘 부푸는데, 맛있는 커피에 대한 기대도 함께 부풀어 오른다. 커피의 방이 생겼다면 빙글빙글 원을 그리며 편안하게 물을 부어 준다. 이제 커피로 빈 머그잔을 채우면 행복을 머금을 수 있다. 눈을 감고 생각한다. '오늘의 커피도 나랑 잘 맞네.'

마음의 물리치료실

저녁 필라테스 수업 도중, 팔이 늘어나는 느낌이 들었다. 대수롭지 않게 생각했는데 다음 날 아침 어깨 부근이 욱신거렸다. 병원에 찾아가니 인대가 늘어난 거였다. 몸이 견딜 수 있는 한계를 벗어나서 그렇다고, 낫기 전에 무리해서 어깨를 움직이면 습관처럼 다칠 수 있다고 했다.

"무리하시면 안 됩니다. 물리치료 받고 약 잘 챙겨 드세요."

단호한 표정의 의사 선생님이 말했다. 물리치료실로 이동해 따뜻한 적외선 조명 아래 누워 눈을 감고 생각했다. '따뜻하다…. 집에 이런 조명이 있으면 좋겠어.' 사람은 다치거나 아프면 병원에 온다. 일상생활이 어렵고 움직일 때마다 불편한 감각이 느껴져 몸이 외치는 말을 듣는 것이다. 그렇다면 마음의 말은 얼마나 듣고 있을까.

무리한 마음이 다쳤는데도 그 다친 마음을 모르고 넘어간 건 아닌지 걱정이 되었다. 마음을 따뜻하게 이완시켜 줄 큰 조명이 어딘가 있지 않을까. 그 아래 앉아 마음을 물리치료 하는 나의 모습을 본다. 옆에 좋아하는 음료를 두는 건 필수. 1시간 정도 앉아 있다 보면 통증이 조금 가실 거라 믿는다. 마음이 지치고 시들해지려 하면 나에게 단호하게 말해 본다.

"무리하지 말자!"

어깨에 걸친 도서관

해외에 다녀온 친구에게 가방을 받았다. 광목천에 가벼운 에코백. 청록색 잉크로 찍힌 'BRITISH LIBRARY' 영문이 근사했다. 책이 있는 장소라면 어디든 챙겨 가고 싶었다. 해외의 도서관에서 나를 떠올렸을 친구의 모습에 웃음이 나왔다. 그 마음을 오래 아껴 보고 싶어 한동안 방 한편에 걸어 두었다. 축 늘어진 모습이 꼭 비가 와서 산책을 못 나간 강아지 같아 말을 건넨다.

"우리 도서관에 같이 가자."

도서관에 반납할 책을 넣다가 스쳐 지나가는 기억에 멈칫한다. 기억 속에서 친구와 나는 절제된 아름다움으로 유명한 스트라호프 수도원 도서관 매표소 앞에 서 있다. 원래라면 도서관을 구경하고 점심을 먹기로 했는데 찬 바람을 맞으며 언덕을 오른 우리는 너무 춥고 배고팠다. 마침 오전 영업을 시작한 양조장이 맞은편에 있었다. 우리는 한참을 서서 도서관과 양조장을 번갈아 봤다.

"딱 맥주만 마시고 들어갈까?"

친구가 말을 꺼냈다. 나는 그 말을 기다렸다는 듯이 씨익 웃었다. 우리는 서로를 잘 알고 있었다. 역시 아름다움도 식후경이지. 길쭉한 맥주잔을 보니 이곳의 인심은 넉넉했다. 배에서 치던 천둥도 고요함을 찾았다. 넉넉해진 마음으로 여유를 되찾은 우리였지만, 얼굴이 빨갛게 달아올라 도서관으로 발걸음을 옮길 수 없었다. 세상에서 가장 아름다운 도서관을 뒤로하고 길을 내려왔다. 대신 세상에서 가장 맛있는 맥주를 알

게 됐다. 우리는 양조장을 나서며 아쉬움과 그리움을
남겨 두고 왔다. "지난 여행에 들렀으니까 다른 곳에
가자!"라는 말을 할 수 없게. 또 찾아갈 이유를 만든 것
이다.

그런 면에서 여행과 도서관은 닮았다. 미처 다 읽
지 못한 책을 반납하고, 전에 읽었던 책을 다시 빌려오
는 행위에서 좋은 아쉬움과 그리움을 발견할 수 있다.
다시 만날 수 있다는 믿음이 있는 걸까. 도서관을 메고
도서관에 간다. 또다시 마지막 페이지를 읽지 못하는
책이 있더라도 빌려 오고 돌려준다. 여행처럼 떠도는
마음이 된다. 가방에 가득 담긴 문장들도 도서관을 통
해 세상을 돌아다니겠지.

오늘이 지나기 전에 친구가 준 도서관 가방을 어깨에
걸치고 집을 나선다. 도서관에 가면서 들어가지 못했던
도서관을 떠올린다.

완성된 동네 지도

산책은 동네를 낯설게 여행하는 일이 아닐까. 자주 가는 길에서 방향을 틀어 새로운 길을 걷다 보면 숨은 공간을 찾아낼 수 있다. '여기에도 길이 있구나', '이 길은 반대편과 이어지네?' 같은 생각이 끊이지 않는다. 익숙한 길과 새로운 길을 걷는 발걸음이 모여 활동 영역이 넓어진다.

나는 결혼하기 전까지 쭉 한 동네에 살았다. 오랜 시간, 작은 골목길 사이사이 놓아둔 기억이 가득하다.

이제는 많이 넓어진 나의 머릿속 지도에 조그만 샛길까지 그려져 있다. 하지만 새로 이사 온 동네는 모르는 길투성이었다. 새 학기가 시작된 교실 속 풍경만큼 어색했다. 짝꿍은 혼자 집에 있는 나를 걱정했다. 내가 바깥에 나가길 좋아하는 사람이란 걸 알았기에 마음이 쓰였던 것이다.

"오늘도 집 안에 있었어?"

퇴근하고 돌아오면 빠지지 않는 질문이었다. 그럴 때면 "응. 편하고 좋던데?" 하고 그를 안심시켰다. 그런 날이 쌓여 집순이가 되었지만 그는 퇴근 후 질문을 멈추지 않았다. 결국 나는 "점심 잘 먹었어? 오늘은 밖에 나가 보려고!" 메시지를 보냈다. 그의 마음을 편안하게 해 주고 싶었다. 마침 두유가 떨어져서 산책로를 걷자고 마음먹었다.

사실 문을 열고 나가는 행위 자체는 어렵지 않았다. 단지 새로운 집이 익숙해지기까지 시간이 걸려 굳게 닫힌 문이 무겁게 느껴졌다. 그래서 밖으로 나가기 전 좋아하는 작가의 그림을 문에 붙여 두었다. 누군가 강아지와 걷는 모습이 담겨 있는데, 이 그림을 볼 때마다 문을 열고 산책을 나가고 싶어졌다. 덕분에 매일 가벼운 마음으로 문고리를 잡을 수 있을 것 같았다.

새로운 사람과 가까워지는 일에도 시간이 필요한 만큼 동네와 가까워지는 데도 시간이 걸린다. 우리는 데면데면했고 서로 알아갈 시간이 필요했다. 산책로에 들어서서 익숙하지 않은 길을 돌아다녔다. 선선해진 바람을 맞으며 한참을 걸어 버드나무 아래까지 걸어갔다. 머리를 떨군 버드나무와 눈을 맞췄다. 바람을 맞아 요란하게 흔들리는 그의 머릿결을 쓸어 주고 싶었다. 나는 덩그러니 선 그를 보며 자주 오겠다고 속삭였다.

최근에는 산책하러 나갔다가 친구와 메시지를 주고받으며 집에 돌아왔다. 어디에 길이 있는지, 어느 방향으로 가고 있는지 주의를 기울이지 않아도 집 문 앞에 다다랐다. 아, 나에게 동네 지도가 생겼구나. 몸이 익숙해진 이제야 '우리 동네'라고 부를 수 있게 되었다.

결이 맞는 종이

도톰한 종이를 좋아한다. 서점에서 책을 살 때도, 마트 와인 코너에서 와인 라벨을 구경할 때도 습관적으로 손이 움직인다. 스윽스윽. 도톰한 종이를 만지면 들려오는 소리. 결이 있는 종이는 포근해서 자꾸만 쓰다듬고 싶어진다. 잠들어 있는 사랑하는 이의 눈썹을 부드럽게 만지는 일처럼, 닳아 버릴 때까지.

유난히 좋아하는 건 원두 명함이다. 진짜 명함은 아니고, 맛에 대한 설명이 담긴 종이에 붙인 이름이다.

그 종이들이 명함 같다고 생각하게 된 이유가 있다. 원두가 어디에서 왔는지, 향과 맛에서 어떤 걸 느낄 수 있는지 간결하게 적힌 모습이 자기소개를 하면서 명함을 건네는 일과 비슷해 보였다.

주문한 커피와 원두 명함을 같이 주는 카페에 가면 즐겁다. 자기소개를 먼저 읽지 않고 커피에 집중하며 스무고개를 하듯 맞춰 본다. 커피잔 속을 가늠해 보는 작은 재미가 있다. 맞은편에 앉은 이와 맛에 대한 얘기를 한껏 나누다가 커피가 살짝 식어 가고 있을 때, 원두 명함을 읽는다. 같은 생각을 만나면 손뼉을 치고, 낯선 생각을 만나면 머릿속에 느낌표가 생긴다.

종이를 바라보고 있으면 카페에 있던 모습이 한눈에 그려진다. 한 공간을 꾸리는 일과 그곳에서 추구하는 스타일을 설명하는 작은 조각들. 오래 기억하고 싶은 맛을 글자로 적어 내는 일. 자신이 좋아하는 공간을 만들고, 커피를 내리고, 그 맛이 온전히 전해지기 바라는 마음이 담겨 있다. 재밌는 부분은 카페마다 커피의 맛이 다른 것처럼 종이의 결도 제각각이다. 종이 위 글

씨체나 카페의 로고 또한 선보이는 커피의 맛처럼 다양하다. 다양한 결에서 나의 결을 찾아간다. 결이 맞는다는 건 경험하는 이들에게 깊숙이 녹아들 시간을 주려는 말처럼 들린다. '우리는 결이 맞아'라는 말을 자주 꺼낼 수 있다면 충분히 근사한 삶일 것이다.

맛있는 밤 재우기

뒤늦게 영화 〈리틀 포레스트〉를 본 이후로 보늬밤을 만들고 있다. 이 밤 조림의 포인트는 밤의 겉껍질만 벗겨 내는 것. '보늬'는 밤, 도토리 등의 속껍질을 뜻하는 순우리말이다. 속껍질을 그대로 살린 이름이 따스하다. 내가 알던 밤은 단단한 겉껍질이 있는 채로 군밤이 되거나 깐 밤이 되었는데, 속껍질을 그대로 두다니. 남겨 둠으로써 좋아지는 것들이 있다.

겉껍질을 잘 벗겨 내면 밤의 두 번째 털옷을 볼 수

있다. '겹겹이 쌓인 열매구나' 생각했다. 고슴도치 같은 송이, 단단한 겉껍질, 털옷처럼 포슬거리는 속껍질을 지나야 속을 알 수 있다.

속껍질이 있는 상태로 끓이고 식히기를 두세 번 반복한 후, 잔털과 심지를 제거하는 과정에 들어간다. 이때, 밤에 상처가 나지 않도록 주의해야 하기에 최대한 집중력을 끌어올린다. 조심스러운 손질이 끝나고 설탕과 럼주에 두 달 동안 재우면 완성이다.

사람은 맛있는 걸 그냥 두지 않는다. 그대로 먹어도 맛있지만 어떻게 먹어야 더 맛있을지 고민하게 된다. 우리에게 보늬밤이 있는 것처럼 남부 프랑스와 이탈리아에는 마롱글라세가 있다. 맛있게 먹고 싶은 마음은 전 세계 사람 모두 가지고 있는 욕망이겠지. 수많은 사람이 같은 마음을 가질 수 있다니, 귀엽다.

〈선술집 바가지〉 드라마에는 이런 대사가 나온다.

"원래 맛있는 것에 손을 대서 다른 맛을 낸다. 그러면 손님한테 낼 수 있는 요리가 된다."

밤처럼 자그마한 것일지라도 한 단계 더 거치면 재

료에서 요리가 된다. 맛있는 것에 맛있는 맛을 더하는
일. 번거로울지 몰라도 그 맛을 알면 손이 저절로 움직
인다.

코끝이 시린 날씨가 되면 따뜻한 차를 끓이고 겨울
잠을 자던 밤을 깨워 오후 시간을 함께한다. 하나둘 꺼
내다 보면 텅 비어 버린 병을 만난다. 역시 보늬밤은
겨울을 넘기기가 어렵다.

⟨ ⟨ ⟨

동그라미가 되는 계절

겨울이 시작되면 옷장 속 파티도 함께 열린다. 여름 옷과 겨울옷이 뒤섞여 사라진 계절의 구분. 추위에 약하고 수족냉증도 있어 초겨울부터 옷을 겹쳐 입는다. 니트에 어떤 셔츠가 좋을까, 그 안에는 반팔을 입을까 말까. 불편함이 적은 조합을 찾느라 준비 시간이 길어진다. 그러다 으스스한 공기가 몸에 닿으면 결국 입을 수 있는 최대한으로 옷을 걸친다.

"오늘은 몇 겹이야?"

찬 바람을 뚫고 도착한 약속 장소에서 들려오는 말. 친구들은 나의 둥글둥글한 어깨를 보고 궁금해했다. 그도 그럴 것이 7겹 이상 입고 나간 거였다. 그런 날의 유리창에는 미쉐린 캐릭터처럼 빵빵한 내가 있었다. 몸을 동그랗게 하면 데구루루 굴러서 다닐 수 있을 것 같았다. 함박눈이 내리지 않아도 눈사람이 되는 기분이었다.

"많이 겹쳐 입으면 불편하지 않아?" 하고 물어보던 친구는 찬바람이 불면 오히려 당당해졌다. 그녀는 "하나도 안 춥다!"라고 외치며 두 팔을 활짝 벌렸다. 어떤 시련이 와도 다 받아 낼 것만 같았다. 바람의 속도보다 빠르게 웅크리는 나와는 추위를 대하는 법이 달랐다.

뻥 뚫린 골목길을 혼자 걷던 날, 당차게 말하던 친구의 옆모습이 떠오르며 슬며시 팔을 벌렸다. 겨드랑이 사이로 칼바람이 불어오니 숨을 곳 없는 냉골에 서 있는 것처럼 느껴졌다. 얼마나 버틸 수 있을까. 그리고 생각했다. '겨울을 이기려 하지 말고 숨자.' 바람이 조용히 지나가길 바라며 금세 팔짱을 꼈다. 차디찬 바람

에 맞서 싸우기보다 잠시 웅크리는 쪽을 택한다. "이
정도 바람쯤이야!" 하고 맞서기엔 역부족이니까. 나는
몸을 최대한 말아야 하는 사람이다. 구부정한 자세로
스스로를 지킨다. 추위를 홀로 이겨 낼 나만의 방법은
라운드 숄더가 되더라도 어깨를 오므리는 것이다.

내가 아무리 애를 써도 바뀌지 않는 상황에 처할 때
가 있다. 고통스러운 순간은 영원처럼 느껴지지만 결
국 시간 속으로 사라지는 때가 온다. 이겨 내지 못할
고통은 잠잠해질 때까지 기다려 보는 것이다. 비겁하
게 도망치는 것이 아니다. 힘든 일이 있다면 웅크리고
칼바람이 지나가기를 기다리면 어떨까. 나에게 맞는
방식으로 어려운 시간을 버텨 본다. 귤, 눈, 따끈한 쌀
밥, 동그란 몸. 모두 겨울을 이겨 낼 동그라미이다. 겨
울에는 동그라미가 된다.

블라인드 일광욕

완전히 내리지 않은 블라인드 사이로
오후 5시의 겨울 햇빛이 쏟아진다.
거실 바닥을 물끄러미 지켜보다
햇빛을 의자 삼아 기대 본다.
목욕 후 노곤한 몸을 맡기는,
오후 5시의 의자가 만들어 주는 휴식 시간.
보일러의 온기에 주황빛이 더해져 온도가 올라간다.
겨울이더라도 햇빛이 있다면 한여름으로 떠날 수 있다.
정반대의 계절을 떠올리는 사치를 부려 본다.

파도와 식빵 인덱스

도서관의 책에는 짝꿍이 있다. 바로 인덱스. 서점에서 사 온 책 곁에는 연필을 두고 문장에 밑줄을 긋지만, 빌려 온 책 곁에는 인덱스를 둔다. 책을 읽다 보면 영영 곁에 두고 싶은 문장을 만난다. 그런 문장은 노트 속에 나의 서체로 새롭게 기록된다.

나는 한 권을 끝까지 읽기보다는 여러 권을 동시에 읽기 시작한다. 사 온 책과 빌려 온 책을 경계 없이 쌓아 두고 읽는 편이다. 메모할 일이 있으면 책을 잠시 뒤집어 두는데 간혹 여러 권이 뒤집혀 있는 책상 위를 보게 된다. 그 모습은 파도 물결 같다. 멈추지 않는 파도처럼 좋은 책과 문장도 끊임없이 생겨난다. 새로운 책도 반갑지만, 읽었던 책의 문장을 보관하는 일이 우선순위를 차지한다. 나의 상황에 따라 문장이 새롭게 다가오는 경우도 있기 때문이다. 거듭 읽을 때면 마음이 뭉클거려서, 인덱스와 책은 만남과 이별을 되풀이하는 연인 같다고 생각했다.

학생 때부터 사용하던 인덱스부터 형광펜으로 밑줄을 그은 듯한 인덱스까지 다양한 종류가 있지만, 손이 제일 많이 가는 건 식빵 모양 인덱스다. 예전에 문구점에서 사 두었다가 아까워 포장을 못 뜯고 몇 년째 서랍 속에 있었는데, 널찍한 모양으로 몇 줄의 문장을 표시할 수 있어 한 번 꺼낸 이후로 계속 손이 간다.

책의 파도 속에서 문장들에 식빵 조각을 붙이다 보니 자연스레 제주도의 식빵이 생각났다. 생식빵을 파는 가게를 여행 중에 우연히 만났다. 빵 만드는 곳, 빵을 두는 곳, 카운터가 한눈에 들어오는 단출한 가게였다.

메뉴는 생식빵과 따뜻한 드립커피. 사장님은 결제를 마치고 식빵이 담긴 종이가방을 건네주며 말씀하셨다.

"바로 손으로 뜯어 먹어 보세요."

그 순간 사장님이 꽤 멋지다고 생각했다. 자신이 만든 맛에 대한 자부심이 있어야 내뱉을 수 있는 말이라는 걸 알았기에, 차에 타자마자 봉투를 열어서 과감하게 빵을 뜯었다. 바다를 바라보며 먹는 식빵은 몸에 물을 묻히지 않고도 피서를 즐기는 방법이었다. 가장 맛있게 먹는 방법이 왜 손이었는지 단번에 이해가 되었다. 다른 미사여구를 붙이지 않아도 사장님의 한마디면 충분했다.

종이가방의 팸플릿을 꼼꼼히 읽어 보았다. "바로 드셔야 맛있습니다. 구매 후 즉시(그곳이 차 안이든 길가이든)!" 괄호 안의 문구를 읽고 웃음이 나왔다. 아, 이 사장님은 한결같은 사람이구나. 자신의 철학을 고수하는 사람들 덕분에 세상을 바라보는 관점이 넓어진다. 사장님의 굳건한 문장은 계속 이어졌다.

"시간이 지나도 맛있습니다. 구매 후 상온 보관 셋째 날부터는 2.5cm 정도로 최대한 두껍게 컷팅하여 토스트 해 드셔도 좋습니다."

상온 보관을 하며 남은 일정을 식빵과 함께 다녔는데 우리의 차 안은 여행 내내 빵 가게가 되어 버렸다. 하루하루 숙성되어 변화하는 맛을 느낄 수 있었다. 사자마자 바로 뜯어 먹어도 맛있지만, 나의 경우 셋째 날 먹을 때 나오는 눅진한 고소함이 더 좋았다.

입맛을 다시며 추억 속에서 책상 앞으로 돌아왔다. 식빵을 손으로 촤악 뜯던 감각을 되살리듯 식빵 인덱스를 떼어 책에 붙인다. 문장들을 꺼내 노트에 옮겨 두어 천천히 오물거린다. 제주도에서 만난 식빵처럼 발효가 일어나 숙성된 문장들을 만나길 기다려 본다. 숙성된 식빵의 맛처럼 책을 읽는 당시에는 느끼지 못한 맛이 다가오기를 기대하며.

제2의 고향

여행은 일상에서 멀리 떨어진 단어인 줄 알았다. '여행'에 '떠나다'라는 동사가 자연스레 따라오는 걸 보면 일상에 연한 선으로 경계를 그리는 일 같지만 짝꿍과 떠나는 여행에서는 어쩐지 일상과 꼭 붙어 있다. 우리는 여행지에서 정해진 루틴대로 움직인다. 점심을 먹고, 커피를 마시고, 미술관이나 박물관을 구경하고 나와 공원을 조금 거닐다가 저녁에 와인을 한잔한다. 어느 곳을 가도 평소처럼 시간을 보낸다.

익숙한 하루를 보낸다고 새로움이 없는 건 아니다. 같은 시간을 보내지만 공간의 변화 속에서 일상을 온 전하게 느낄 수 있다. 익숙하다는 건 어쩌면 빛이 바랬다는 말일지도 모르겠다. 익숙해지면 가끔 소중함을 잊는다. 일상을 새로운 곳에서 바라볼 줄 알아야 꺼지지 않는 빛을 지킬 수 있다.

해외여행을 떠나도 시간을 보내는 방법은 크게 다르지 않았다. 다른 점이 있다면, 가끔 "Where are you from?"이라는 단순한 인사가 오갔다. 낯선 나라에서 한껏 긴장한 모습이 그들의 눈에 보였을까? 숙소를 오가는 길이 자연스러워지고 긴장한 몸이 풀어지려 할 때에는, 이미 비행기를 탈 시간이었다.

하지만 경주로 떠난 여행은 달랐다. 우리가 처음 경주를 찾은 건 신혼여행이었다. 신혼여행의 테마는 오직 와인. 별다른 계획 없이 저녁에 들를 바 한 곳만 예약해 두었다. 한참을 뜨끈한 숙소에 누워 있다가 선선해지는 초저녁에 밖으로 나섰다. 예약석 창 너머로 달 아래 보이는 둥그런 고분이 아름다웠다. 그리고 앞에는 편지와

꽃이 있었다. 사장님께서는 행복한 앞날을 축하하는 의미로 작은 선물이라고 하셨는데 새 출발을 하는 우리에게는 큰 의미로 다가왔다.

우리는 밥을 다 먹은 후, 바 자리로 이동하여 사장님과 얘기를 나누었고 어느덧 마감 시간이 되었다. 낯선 사람과 어색함 없이 수다를 떨 수 있었던 건 커피와 와인 덕분이었다. 맛에 대한 대화는 언제나 즐거운 법이다. 우리는 밤새 새로운 사람과 소통하면서 이곳의 이방인이라는 사실을 잊었다.

편안한 여행은 '여기 뭐가 있었지?'라며 무리해서 관광하지 않는 거다. 변하는 건 계절의 풍경뿐이다. 이곳만 다른 속도로 시간이 흘러가는 것 같다고 생각했다. 서울에서는 매일 뛰어다녔는데 경주에서는 그 속도가 어울리지 않았다. 왠지 뒷짐을 지고 걸어야 할 것 같다. 느긋하게 주변을 둘러보다 보니, 내쉬던 호흡도 여유를 찾았다.

고향인 서울보다 경주가 마음이 편했다. 이야기 나눌 사람이 있고, 시간이 나면 달려가고 싶고, 떠올리기

만 해도 마음이 편해진다면 그곳이 고향이 아닐까? 요
즘 나는 별일이 없어도 툭하면 짝꿍과 경주로 떠난다.
새로 태어난 사람들처럼, 우리의 고향이 그곳인 것처
럼 고속도로를 달린다. 두 번째 고향에 찾은 지도 오래
되었다. 나무와 고분이 이루는 고즈넉한 거리를 천천히
걷고 싶다.

3부

전기치료

쟁반 위의 인생

짝꿍과 어머님 댁에 가서 이야기하는 시간을 좋아한다. 일, 인간관계, 재테크 등 다양한 주제를 넘나들며 이야기를 풀다 보면 새로운 시선을 가질 수 있는데, 하루는 어머님의 한 문장이 집에 돌아와서도 계속 생각났다.

"우리는 쟁반 위의 인생을 살고 있어."

'쟁반? 음식을 담을 때 사용하는 그 쟁반?' 얼굴 위로 떠오른 물음표를 보셨는지 어머님은 웃으며 말을 이어갔다.

"나이가 들면 예전과 많이 달라졌다고 느낄 수 있는데, 문득 지난 시간을 돌아보니 크게 달라진 건 없고 쳇바퀴 돌듯 살아가고 있었어. 삶이란 쟁반 속에서 반복해서 걷는 일이 아닐까?"

그러니 넘어지지 않게 쟁반 위를 잘 정리해야 한다고, 자꾸만 쟁반의 범위보다 넘치게 담으려 애를 쓰다 보면 마음이 괴로워질 수 있다고 하셨다. 원하는 것을 내가 수용 가능한 만큼만 담고 그것을 유지한 채 살아야 한다는 말씀이셨다.

끼니를 챙기는 일을 떠올리자 이해할 수 있었다. 오늘 먹을 음식을 쟁반 위에 담아 부엌에서 식탁으로 옮기고, 식사 후에는 빈 그릇을 쟁반 위에 담아 식탁에서 부엌으로 가져간다. 크고 작은 여러 개의 그릇을 담을 땐, 여러 번 움직이는 게 옳다. 급하게 일을 마치려고 무리하다가 자칫 모든 걸 바닥에 쏟아 버릴 수 있다.

우리의 삶도 아침부터 밤, 밤에서 아침까지 '하루'라는 이름으로 반복된다. 날마다 비슷한 일정으로 채

우지만, 더부룩한 하루가 있다. 이럴 때면 멈칫하게 된다. '우리는 쟁반 위의 인생을 살고 있어.' 어머님이 주신 문장을 깊이 소화한 탓이다. 인지하지 못했지만, 탈이 난 원인이 있을 터였다. 그리고 그것은 뭐가 되었든 과했기 때문일 거다. 소화제를 먹듯 나에게 부담되지 않을 양을 정한다. 어머님 덕분에 지치지 않는 인생을 고민하며 좋아하는 것을 찾아 간직한다. 그리고 건강한 나를 위해 무리하지 않기를 실천한다.

다른 이들의 쟁반을 상상해 본다. 저마다 과감하게, 정교하게, 소담하게 쌓았을 쟁반 위의 것들을 잠깐 떠올렸다. 나의 쟁반은 1인분의 쟁반, 커피 원두와 머그잔, 와인과 와인잔, 책과 음악, 종이와 연필이 채워지고 비워진다. 가득 채울 수 없기에 오직 나에게 좋은 것들만 남기고 싶다. 나는 내가 가진 쟁반 위를 걷는 상상을 한다. 걷다가 숨이 찰 때 잠시 멈춰 쉬어 갈 수 있는 그늘이 있는 쟁반이길 바라 본다.

아침의 10분

학교를 졸업하고 일을 시작한 이후로 깊이 잠들 수 없었다. 그때 살던 집은 내 방 침대에 누우면 머리맡에 벽 너머의 엘리베이터 문이 여닫히는 소리가 뚜렷했다. 몸은 포근한 침대 위였지만 눈을 감으면 엘리베이터 안에서 자는 것 같았다. 1층부터 6층까지 끊임없이 오르락내리락하는 기분이었다.

'내일 일어나려면 빨리 자야 하는데….' 출근 시간이 다가올 때마다 잘 수 있는 시간이 줄었다며 초조해

했다. 이 초조함은 나를 더 잠들지 못하게 했고, 덕분에 매일 잠이 부족했다. 엘리베이터의 움직임을 잊어버리려고 이어폰을 끼고 볼륨을 높인 후 눈을 질끈 감았다.

나는 당시 아동복 디자이너로 일했다. 전날 밤부터 이어진 초조한 마음으로 아침이 되면 다른 날보다 정신없는 하루가 시작된다. 옷을 디자인하고 제작하는 과정은 챙겨야 할 요소가 많다. 옷감의 소재, 실의 색상, 단추의 크기 등 하나만 달라져도 계획과는 전혀 다른 옷이 만들어진다. 게다가 작업 방식이 잘못 전달되면 바로 사고로 이어지기에 꼼꼼하게 확인해야 한다. 그래서 원단 시장, 공장 사장님들과 소통하는 부분이 일에 큰 비중을 차지한다.

아침부터 저녁까지 스마트폰을 붙잡고 살았다. 통화 목록이 쌓일수록 주말이 오기만을 기다렸다. 재촉하는 연락이 가득한 평일을 주말의 이불로 덮어 버리고 싶었다. 주말이면 스마트폰의 방해 금지 모드를 켜고 침대 위에서 배고픔도 참은 채 누워 있던 날이 대부분이었다. 가족 중 누군가 깨우러 오는 소리가 들리면, 이불을 머리끝까지 뒤집어쓰고 아직 잠에서 깨지 않은 척할 때도 있었다. 하지만 방문은 가뿐하게 열렸다.

"지금 시간이 몇 신데, 밥 먹어야지. 일어나라!"

아빠의 다그침이 들려왔다. 토요일 점심시간이 훌쩍 지났는데도 잠이 충분하지 않다고 생각했다. 눈을 반쯤 감은 상태로 점심을 먹고 다시 잠들었다. 창문에서 들어오는 햇빛이 강렬함에서 은은함으로 바뀌는 초저녁, 겨우 몸을 일으켜 거울을 보니 얼굴은 불만으로 퉁퉁 부어 있었다. 아빠에게 퉁명스레 답했던 나를 떠올리고 후회했다. 동시에 아무것도 하지 못한 토요일에 미련이 생겼다. 주말을 아쉽게 보내고 평일로 돌아가 싫은 일을 마주하고 싶지 않았다. 이대로라면 다음 주도, 그다음 주도 똑같은 주말을 보내게 될지도 모른다는 생각이 들었다.

그날 밤, 일찍 일어날 결심을 하고 잠들기 전 알람을 다시 켰다. 괜히 피로가 더 늘어나지 않을까 걱정하다 잠들었다. 일요일 아침, 알람 소리에 눈을 뜨고 그대로 누워 한참 천장을 보고 있었다. 출근 준비를 하지 않아도 되니 급하게 움직일 필요가 없었다. 부스스하게 일어나서 좋아하는 빵을 천천히 먹을 수 있고, 따뜻한 차를 마시며 멍하니 앉아 있을 수 있었다. 게다가 그동안 보고 싶던 전시회장에 다녀와도 아직 일요일이었다.

정반대의 주말을 보내고 알게 되었다. 나를 괴롭히던 건 엘리베이터 소리도, 싫어하던 전화 업무도, 부족한 잠도 아니었다. 하고 싶은 마음이 생기지 않으면 아무것도 하지 않아도 되는 주말의 아침이 소중했는데 부족한 잠을 채우느라 미처 챙기지 못했다. 그러다 문득, 평일 아침에도 여유를 마련할 방법을 생각하게 되었다.

바로 아침 알람을 두 개로 맞추는 것이다. 일어날 시간의 알람, 그보다 10분 이른 알람. 10분 전 알람의 좋은 점은 잠시 머무름이 가능하다. '잠시'라는 단어의 길이는 어느 정도일까. 수량화할 수 없는 표현이지만 그래도 정확한 시간의 단위로 정해 보자면 30분 이내

라고 생각한다. 그러나 눈을 뜨고 30분 정도 누워 있으면 다시 잠이 들어서 나에겐 10분의 '잠시'가 알맞다고 느꼈다.

자유로운 아침의 10분을 가지게 된 후로 눈을 떠도 곧장 침대에서 내려오지 않는다. 아무것도 하지 않아도 괜찮은 시간이니까. 그 시간이 채워지면 오히려 나와 침대의 관계는 깔끔해진다. 쫓기듯 일어나지 않고 침대에서 머무르는 시간을 누리면 평일도 주말의 기분으로 시작할 수 있다. 짧을지언정, 내가 원하는 방향으로 시간을 소모한다는 건 상당한 온기가 된다. 피로가 쌓인 사람들이 자신만의 '잠시'를 즐기길 바란다.

멀티탭 전원 끄기

한때 '동번이서번이'라고 불린 적이 있다. 그때의 나는 하루 종일 돌아다니며, 이곳저곳 유랑하는 사람 이었다. 집-종로-동대문-방학동-집. 나의 일정을 듣 던 친구가 동에 번쩍, 서에 번쩍 돌아다닌다고 별명을 지어 준 것이다. 새벽같이 일어나 영어학원에 들른 후, 옷을 디자인하고 퇴근 후에는 미술학원에서 아이들을 가르쳤다. 주위 사람들은 왜 그리 바쁘게 살아가냐고 걱정 어린 질문을 했다. 그 물음에 나는 옅은 미소만

지을 뿐이었다.

목적 없는 열심이라 대답할 수 없었다. 일은 권태로웠고 내 길이 아니라는 생각이 맴돌았다. '어떻게 하면 이 상황을 벗어날 수 있을까' 하고 의도적으로 바쁜 일정을 만들었다. 바스러지는 마음을 겨우 테이프로 이어 붙이고 살아가는 날들이었다. 멍하게 있으면 깊은 바닥으로 끌고 내려가 버리는 생각에게 조그만 틈도 내어 주고 싶지 않았다. 생각으로부터 도망쳐 에너지를 쏟을 곳이 필요했다.

도망치듯 1호선 열차에 몸을 맡기고 뜨끈한 상태로 돌아다녔다. 이러다 고장 나면 어쩌지. 나는 많은 플러그가 꽂혀 있는 멀티탭처럼 모든 에너지를 쓰고 있었다. 마음을 지키려 전원을 켰지만, 다시 끄는 법은 몰랐다. 과열된 몸에서 이따금 슬픔이 따끔거렸다. 몸을 지키기 위해 삶을 바꿀 필요가 있었다.

하루 중 잠시라도 멀티탭의 스위치를 끄기로 했다. 이대로 있다가 내 마음이 펑 터져 버릴 것 같았다. 나를 위해 바쁘게 사는 거라 생각했는데, 결국 내 마음 하나

알지 못한 거다. 아니, 사실은 외면했다. 나는 조각난 마음을 모르는 채 두는 것에 익숙했다.

앞으로도 말랑한 마음이 조각나는 순간이 오겠지만 잘 붙을 수 있도록 돌봐 주는 관심이 필요하다고 생각했다. 마음의 신호를 무시하고 몸이 무리하면 탈이 난다는 자연스러운 사실. 이제는 나의 적당량을 안다. 하루에 얼마큼 일을 해야 방전되지 않는지, 휴식 시간엔 커피에 어떤 디저트를 먹어야 행복한지, 잠은 몇 시간을 자야 내일을 가뿐하게 보낼 힘이 생기는지. 요즘은 다이어리를 펼치지 않으면 할 일을 종종 깜박하는 내가 좋다. 빼곡한 일정 사이에 틈을 내어 느슨하게 사는 내가 좋다.

하루를 데우는 예열 기능

　기념일이면 과일 타르트를 사러 빵집에 간다. 동그란 원 안에 듬뿍 담긴 과일을 보고 있으면 특별한 날이 더 반짝인다. 타르트지, 필링, 과일. 단순한 구성이지만 그 맛의 합은 매번 미소를 머금게 된다. 그래서일까, 타르트를 건네면 주변 사람들은 웃는 얼굴을 내게 건네준다. 기념일에 나누던 행복의 조각을 직접 만들어 보고 싶어졌다.

금요일 저녁, 인터넷에서 레시피를 찾아보고 머릿속으로 수차례 연습했다. 다음날 살짝 들뜬 마음으로 슈퍼에서 필요한 재료를 사고 딸기와 청포도로 가득 채워진 과일가게에 들렀다. 집에 돌아와서 주방 한편에 재료를 풀어 놓으니, 생소한 공간처럼 느껴졌다. 과정을 따라가면 금세 맛있는 타르트가 만들어질 것 같았다.

그러나 생각과 현실은 다른 법. 글로 읽을 때는 줄곧 쉬웠던 과정이, 머리에 입력하고 몸으로 출력하자 매끄럽지 못했다. 서로 섞이지 않는 박력분과 버터, 계란을 하나의 덩어리로 만드는 일에는 퍽 많은 힘이 필요했고, 동그란 반죽을 밀대로 평평하게 밀어내려면 지치지 않아야 했다.

하루는 약속 시간 전에 타르트를 굽게 되었다. 친구의 생일에 직접 만든 타르트를 전하고 싶었다. 노릇하게 구워진 타르트는 눈으로 보기엔 먹음직스러웠지만 포크로 찔러보니 익지 않았다. 오븐이 충분히 달궈지기 전에 타르트를 넣었던 게 실수였다. 급한 마음의 결과물이었다. 구워지려면 예열 시간이 필요했는데 허망

한 마음으로 오븐 앞에 서 있었다.

속을 익히기 위해 굽는 시간을 늘리면 겉이 타 버릴 것 같았고, 새로운 반죽으로 굽기엔 시간이 없어 빵집에 들러 타르트를 샀다. 친구와 맛있게 먹으면서도 마음 한구석에 만들다 두고 온 타르트가 걸렸다. 집에 돌아와 식어 있는 타르트지를 물끄러미 바라보다 힘이 잔뜩 들어갔던 내 모습을 남처럼 떠올리며 어느새 베이킹에 대한 열정도 남의 것처럼 생각했다.

20대의 나는 베이킹 외에도 사람들의 관심이 모이는 곳을 기웃거렸고, 그 속에서 좋아하는 일을 찾아보려 했다. 외국어, 창업, 교육 등 다양한 강의를 들으러 다녔다. 어디서 나오는 자신감인지 시작만 하면 무엇이든 잘할 수 있을 것 같았다. 그러나 새로운 일을 시작할 때, 잘해 내고 싶은 욕심이 나의 완벽하지 않은 순간들을 마주하면서 점차 줄어들었다. "좋아하는 일 있으세요?"라는 질문에 아무런 대답도 못 하는 사람이 되어 있었다. 섣불리 시작하고, 급하게 결과를 바라는 조급한 성격이 더해져 내 삶을 덜 익은 타르트처럼

만들었다. 그럴듯해 보이지만 결국 반죽부터 다시 해
야 하는 상황이었다. 누군가에게 보여 주기 위해 잘하
려는 마음을 접어 두고, 오랫동안 마음을 쏟을 수 있는
일을 찾기 위해 세상의 관심에서 한 발짝 떨어졌다. 마
음의 그릇을 천천히 휘저으니 다행히도 그림이라는 동
그란 반죽이 생겼다.

좋아하는 일을 만나더라도 오래 지속하려면 적당한 온도와 시간이 필요하다. 타르트를 굽기 전 오븐을 켜고 온도를 맞추듯이 마음을 적당한 온도로 데워 주는 예열 기능이 있다면 어떨까. 타르트지는 맨 아래에서 과일이 무너지지 않도록 보호해 준다. 축 늘어져 있던 반죽이 오븐을 통해 단단한 과자가 되는 과정처럼 나를 단단하게 만들기 위해서는 알맞은 온기가 필요하다.

하루를 시작하기 위해서 행하는 루틴이 있다. 책상에 앉아 모닝 페이지 아침에 일어나서 약 3쪽 분량의 글을 의식의 흐름대로 쓰는 것를 쓰고, 오늘의 일정을 확인하고 커피를 내리며 주문을 외운다. '오늘 하루도 무사히 보내게 해 주세요.' 정신없이 바쁜 시기에도 이 시간만큼은 꼭 지키려 한다. 조급증을 내려 두고 지치지 않는 하루를 보내기 위해 나를 데우는 과정이다. 좋아서 하는 일들이 무리가 되지 않도록, 마음을 유지할 수 있게 해 준다. 오늘도 하루를 담아내기 위해 단단한 일상을 굽는다.

딱딱한 엄마와 딸

집에 엄마가 있는 친구가 부러웠다. 학교에서 집으로 돌아가면 오늘은 친구랑 뭘 하고 놀았는지 물어봐주는 엄마. 나는 수업 시간에 들은 선생님의 농담을 말하는 그런 시시콜콜한 장면이 간절했다. 밤에 일하고, 낮에 잠들어 있는 엄마의 시간 속에 나의 자리는 없어 보였다. 초등학생인 나는 잠든 엄마를 대신해 갓 태어난 동생을 돌보고 기저귀를 갈았다. 어리광을 부리고 싶어도 아직 말을 떼지 못한 작은 존재를 이길 수 없었다. 활짝 피기도 전에 일찍이 여물어 버린 나의 어린 마음. '부모님이 나를 주워 온 게 아닐까, 그러기엔 너무 목소리가 닮았는데….' 어두운 밤, 천장에 붙은 반짝이는 별 스티커를 보며 자꾸 어긋난 생각을 했다.

"말수가 적은 편이에요."

엄마가 학습지 선생님에게 나에 대해 말하는 걸 들으면서도 멀뚱히 방문 뒤에 서 있었다. 아닌데,́ 하는 생각과 다르게 입은 움직이지 않았다. 친구와 있을 땐 말이 술술 나왔는데 집에서는 조용한 사람이 되었다. 나에게 생긴 작은 일도, 감당하기 조금 무거웠던 일도 점점 말하지 않게 되었다. 말을 하기보다 방문을 닫고 혼자 보내는 시간이 오히려 편안했다. 바쁜 엄마와 무뚝뚝한 딸. 딱딱한 나뭇가지 같은 우리였다. 여러 방향으로 가지가 뻗어 나가듯, 엄마는 엄마대로, 나는 나대로 살아가고 있었다.

그렇게 멀어진 서로의 방향에서 되돌아가는 길이 없을 것 같았는데, 우리는 태풍을 만났다. 누구에게나

오는 세월이 엄마를 찾아왔다. 노화로 인해 시력이 나빠지고 있었다. 잘 보기 위해서 수술한 엄마의 눈은 갑자기 흐려지기 시작했다. 병원에서는 특이 케이스라는 말이 돌아왔다. 소식을 들은 날, 지탱해 주던 뿌리가 흔들리는 것 같았다. 한순간에 내리친 비바람이 눈물로 넘쳐흘렀다. 하늘에 계신 할머니부터 세상에 있는 모든 신에게 기도했다.

"제발… 제게 주어진 행운을 엄마에게 모아 주세요."

거센 비바람에 축축해졌지만 계속 젖은 채로 있을 수 없었다. 엄마의 심정은 어느 정도일지 가늠이 되지 않았다. 내가 할 수 있는 일을 하자고. 갑자기 세상이 어두워진 엄마의 곁에서 작은 새처럼 맴돌기로 마음먹었다.

"엄마, 우리 데이트할까?"

어둠 속에 빠져 있지 않도록 엄마를 자꾸만 밖으로 불러냈다. 집이 아닌 낯선 장소로 데려갔다. 이번 숨바꼭질의 술래는 우리였고, 슬픔이 숨을 차례였다. 슬픔

에게 숨을 공간을 내어 주자, 그동안 마음 한구석에 포
장되어 있던 이야기들이 뛰쳐나왔다.

　이른 아침 들리는 새의 노랫소리처럼 옆에 앉아 조
잘거렸다. 30년을 같이 살았지만, 오늘의 대화를 통해
엄마를 알게 되었다. 내가 즐겨 마시는 커피의 맛을 좋
아하는 사람. 은은한 것을 좋아하는 사람. 엄마는 아름
다운 것을 보면 활짝 핀 꽃나무가 된다. 내가 마른 목
을 축이는 동안, 엄마는 "이건 비밀인데…" 하며 꽁꽁
숨겨 두었던 자신의 이야기를 했다. 그동안 누구에게
비밀 얘기를 했을까. 엄마에게 둘도 없는 친구가 되어
본다.

　많은 이야기를 나누는 동안, 엄마의 눈은 기적적으
로 호전되었고 일상생활에 무리는 없게 되었다. 오직
둘만의 시간 속에서 의외인 엄마를 만나게 되었다. 아
니, 엄마는 그대로였는데 그 모습을 이제야 정면에서
바라본 것이다.

　엄마로 살아가느라 좋아하는 일을 스스로 감추고
살아온 엄마. 부끄러움이 많아 표현이 서툰 사람이라

는 걸 이제는 안다. 나도 엄마를 닮았다. 훌쩍 커 버려 아이처럼 "엄마!" 하고 소리 지르며 달려가 안기는 일은 없고, 계산대에서 서로 카드를 내미는 모습이 우리만의 최대 애정 표현이지만. 사진 속 나와 동생의 손을 꼭 잡은 엄마의 양손을 보면서 사랑을 느낀다.

금이 간 컵을 버리지 못하는 마음

주방 한편에 컵을 놓아둔 선반이 있다. 설거지를 끝내고 정리하다가 컵에 실이 붙은 걸 보았다. 처음엔 '설거지가 제대로 안 되었나?' 하고 다시 닦으려는데 실금인 걸 확인하고는 속상한 마음이 들었다. 내가 알지 못하는 사이에 이 컵에 어떤 충격이 있었던 걸까? 어딘가에 부딪히거나 떨어뜨리지 않았는데. 컵에 대한 애착을 가지게 해 준 첫 친구여서 그런지 아쉬움이 컸다.

컵을 고를 때 나만의 기준이 있는데 하나는 입에 닿

는 촉감이고 다른 하나는 손잡이의 넓이다. 입이 닿는 부분이 얇으면 얇을수록 좋다. 무언가를 마실 때 입속으로 음료가 매끄럽게 들어온다. 수분이 미끄럼틀을 타는 듯하다. 넉넉히 한 손이 들어가거나 엄지와 검지로만 잡아도 될 정도의 가벼운 무게면 더욱 좋다. 컵과 손잡이 사이가 너무 비좁아 손가락 하나도 넉넉히 들어갈 여유가 없는 컵은 머그잔이라 부르기 어려웠다. 양손으로 컵을 감싸 음료의 온기를 묵직이 느낄 수 있을 만큼 넓은 손잡이를 좋아한다.

그립감, 입에 닿는 촉감까지. 그 컵을 쓰는 동안은 예전부터 내 것인 듯 느껴졌다. 매일 먹던 물도 그 컵에 담으면 더 달았다. 하지만 실금은 점점 길어져 물이 조금씩 새어 나왔다. 어렴풋이 새어 나오는 물을 엄지로 막으며, 비집고 나오는 속상한 마음을 억눌렀다.

자세히 보지 않으면 눈치채지 못할 만큼 멀쩡한 컵을 버리기엔 여러 추억이 떠올랐다. 컵의 색상은 주방의 분위기와 어우러지도록 고민한 결과였다. 나는 주방을 들를 때마다 인사를 건넸고, 짝꿍과 함께하는 커

피 타임에 어김없이 초대했다. 짝꿍과 내가 주고받는
대화 속에서 컵은 점잖은 달그락 소리를 내며 맞장구
쳤다. 늘 곁에 머물러 있던 것을 떠나보낼 때, 많은 시
간이 걸린다. 슬픔을 빨리 털어내기보다 자연스레 떠
나보낼 수 있을 때까지 곁에 두어야겠다고 생각했다.

　주방에서 작업실로 컵의 장소를 이동해 주었다.
'Still life', 정물화를 가리키는 말이 떠올랐다. 매일 나
의 책상에 오르느라 바빴던 컵은 정지한 모습처럼 멈춰
버렸다. 컵은 잠시 휴식 중일지도 모른다. 같은 컵을 다
른 색상으로 다시 살까 생각해 봤지만, 여전히 작업실
에 놓여 있는 컵이 나를 빤히 지켜보는 것 같았다. 컵을
잡던 날들이 그리워질 때쯤에 다시 만날 기회가 생기지
않을까 싶어 잘 보이는 곳에 올려 두었다. 아직은 컵을
버리지 못하겠다.

인생은 소금빵처럼

"소금빵 먹어 봤어? 요즘 유행이야."

친구가 말을 꺼낸 후 얼마 지나지 않아 인기를 실
감했다. 자주 들르는 동네 빵집에 소금빵이 등장한 것
이다. 문에서 가까운 곳에 옹기종기 모여 있는 소금빵.
들어가자마자 관심 있던 빵과 마주쳐서 쑥스럽지만,
가볍게 인사하기 좋은 자리라고 생각했다. 신입이 들
어왔으니 인사를 나누면 좋겠다는 사장님의 배려일지
도 모른다고 생각하니 웃음이 나왔다.

평소라면 카스텔라나 올리브치즈빵을 담았을 텐데 통통한 몸짓 위에 톡톡 뿌려진 소금이 귀여워 자꾸만 흘끗거렸다. 길거리에서 우연히 끌리는 사람을 보면 나도 모르게 눈이 가는 것처럼 고개가 돌아갔다.

'눈인사했는데 같이 가 볼까?' 나는 소금빵을 집어 들었다. 집으로 돌아와 손바닥만 한 나무 접시에 올려 바라보았다. 이 수수한 모양새의 빵이 유행이라니 신기할 따름이었다. 유행이라는 이름으로 곁에 한순간 머물렀다가 사라지는 것들이 시간이 지날수록 쌓여 간다. 파도가 치면 생기는 거품도 영영 사라지지 않을 것처럼 수면을 가득 메우다가, 언제 있었냐는 듯이 제자리로 돌아간다. 그 모습처럼 유행도 밀물과 썰물처럼 들어오고 나가는 것 같다.

자극이 많은 시대인데 새로운 자극이 필요한 이유가 있을까. 허나 처음이라는 이름의 경험으로 느낄 수 있는 감정은 선명하게 다가온다. 근사한 경험을 다시 반복하더라도 처음만큼 새롭게 다가올 수는 없다. 그래서 새로운 유행은 계속해서 등장하는 게 아닐까.

잠시 떠오른 생각을 뒤로 하고 궁금하던 빵의 첫입을 베어 물었다. 생김새와 다르게 식감이 쫀득하고 빵의 바닥은 바스락거렸다. 버터가 살짝 느끼하게 생각될 때쯤 소금이 존재감을 드러낸다. 늘 먹던 빵을 내려두고 새로운 빵을 골라온 스스로를 칭찬했다.

소금빵은 시오빵이라는 이름으로 일본의 팡 메종이란 베이커리에서 처음 만들어졌다. 더운 여름, 빵에 소금을 올려 흘린 땀을 염분으로 보충할 수 있도록 만든 것이다. 더위를 이겨 낼 힘을 주는 빵. 든든한 마음이 들었다. 그날 이후로 카페나 빵집에서 소금빵을 만나면 자연스레 집게를 들었다.

단맛과 짠맛, 멀어 보이는 두 맛은 사실 서로의 맛을 보완해 준다. 아무리 달콤한 음식을 좋아하더라도 계속해서 먹게 되면 그 맛이 버거워진다. 적당한 순간에 짠맛을 더한다면 밸런스 좋은 맛으로 변한다.

문득 내 인생도 소금빵을 닮으면 좋겠다고 생각했다. 단짠단짠한 인생을 살아가려면 어떻게 해야 할까. 기뻤던 순간을 잘 모아 괴로운 마음을 만날 때 뿌려 준다면 그 힘으로 고통을 넘길 것이다. 땀을 뻘뻘 흘릴 정도로 지쳤을 때 먹는 소금이 힘을 주는 것처럼 '좋은 기억'이라는 조미료를 톡톡 뿌리는 거다. 유행이 변해서 소금빵이 바구니에 담기지 않을 날이 오더라도 소금빵의 맛처럼 살고 싶다.

무음 여행

여행을 습관처럼 다니던 때가 있었다. '프리랜서의
장점은 시간의 자율성이지'라고 생각하며 수고한 나에
게 주는 선물로 비행기 표를 샀다. 옷을 디자인하는 일
은 계절을 앞서 사는 일이다. 한파경보로 겉옷을 움켜
쥐면서 여름옷을 준비하고, 무더위에 땀을 뻘뻘 흘리
며 복슬복슬한 겨울옷을 준비한다. 그렇게 시간을 앞
질러 간 일을 하다 유리창을 바라보면 현실에 있지 않
은 내가 보였다.

종종거리는 걸음으로 동대문 종합시장을 돌아다니다 답답해지는 날이면 5층으로 올라갔다. 그곳은 액세서리를 만드는 부재료나 펠트 공예 재료들을 팔기에 디자이너뿐만 아니라 취미 생활을 즐기러 오는 사람이 많았다. 다른 층의 분위기와는 다르게 발걸음이 느긋하다. 낯선 사람이 가득한 틈을 비집고 앉아 있으면 돌아온 감각을 느끼곤 했다.

신상품 준비가 끝날 때를 맞춰 비행기 표를 예매하고 공항에 가기 직전까지 밤새도록 일했다. 지친 몸으로 비행기에 앉아 스마트폰의 비행기 모드를 켜는 순간이면 몇 달간 숨겨 왔던 선물의 포장을 뜯어 보는 기분이었다. 자주 여행을 떠나던 나에게 여행의 어떤 부분이 가장 좋은지 물어보는 친구에게는 주저하지 않고 비행기가 출발하는 순간이라고 말했다.

한번은 동생과 함께 떠난 오사카 여행에서 캡슐 호텔에 묵은 적이 있다. 캡슐 호텔은 공용 공간을 너무 늦게 사용하면 소음이 생기기에 일찍 씻고 동생과 각자의 자리에 들어갔다. 평소에 비하면 아직 잠들기에는 이른 시간이었다. 아쉬운 마음에 스마트폰으로 친구들과 이야기를 나누려 하는데 조그마한 진동 소리가 큰 소음으로 들리기 시작했다. 황급히 모든 알림을 무음으로 바꾸고 오늘 다녀온 곳들의 사진을 보다가 잠들었다.

그다음 날 이상할 만큼 고요했다. 여행 중이라 마음이 차분해진 것일까 생각하다가 쌓여 있는 메시지들을 보게 되었다. 평소 같았으면 아침부터 스마트폰 진동 소리가 줄기차게 이어질 텐데, 어젯밤 무음으로 바꿔 전화도, 메시지도 울리지 않고 조용했던 것이다. '아, 진동 소리가 내게 소음이었구나.' 비행기 모드로 차단하던 그 순간이 좋았던 이유는 재촉하는 소리, 화내는 소리, 요구하는 소리 등 마음을 어지럽히는 고함을 삭제할 수 있어서였다. 스마트폰의 불빛이 쉴 새 없이 켜질 만큼 오던 연락에 괴로워하던 기억이 지나갔다.

어쩌면 비행기 표를 예매하는 손가락은 이미 알고 있었는지도 모른다. 자연재해를 먼저 알아채는 동물들의 감각처럼 나의 몸이 먼저 알아서 마우스를 클릭하고 있던 게 아닐까. 그동안 정적이 부족했던 나를 위한 행동이었다.

요즘은 스마트폰의 기능 중에서 방해 금지 모드나 개인 시간을 설정해서 화면에 알림이 뜨지 않도록 할 수 있다. 이런 기능이 있다는 건 누구나 고요함을 원한다는 알림이다. 여행 이후로 스마트폰의 모든 알림은 전화를 제외하고 무음이다. 산다는 게 마냥 평화롭지 않더라도 조그만 안정을 얻게 되었다.

우연과 필연 사이

버스나 지하철로 출퇴근하면 그곳에 있는 사람들이 익숙하게 느껴질 때가 있다. '이번에도 같이 탔군요. 오늘 하루도 수고하셨습니다'라고 생각하는 찰나에 눈이 마주치면 서로 시선을 돌리느라 바쁘다. 애써 모른 척하며 스마트폰 화면을 바라본다. 아는 사이도, 모르는 사이도 아닌 어중간한 상태. 우리가 한 문장이라도 대화를 나눌 일이 있을까 하고 궁금해졌다.

쓸쓸한 마음으로 아침저녁을 오가던 나에게 반가움을 외칠 기회가 생겼다. 버스에서 중학교 친구를 만난 것이다. 우리는 3년 동안 같은 반도, 친한 사이도 아니었다. 갑작스러운 만남이었지만 어색함은 끼어들 틈이 없었다. "잘 지냈어? 오랜만이다!"로 시작한 짧은 인사를 나누다 보니 어느새 내릴 때가 되어 나중을 기약했다. 집에 가면서 알아챈 사실인데 스마트폰에 그 친구의 연락처가 없었다. "다음에 보자"가 "언제 밥 한번 먹자"와 같은 맥락이라는 걸 떠올리고 김이 샜다.

그 기약 없는 만남이 반복되었다. 버스에 올라타는 친구의 얼굴이 보이면 '또?'라는 생각이 들었고, 서너 번 반복되니 '이쯤에서 타려나' 은근히 기대하게 되었다. 버스카드를 찍고 눈이 마주친 우리는 조용한 버스 속에서 밤하늘을 가득 채운 폭죽 소리처럼 소리 내어 웃게 되었다.

그 뒤로 함께 밥을 먹고, 카페에 가고, 산책하며 그동안 쌓인 이야기들을 하나, 둘 풀어 냈다. 대화가 잘 통하는 동네 친구를 버스에서 만날 줄이야. 기억 속에

흐릿하던 사람을 선명하게 볼 수 있게 된 것이다. 지금의 모습이 익숙해서 옛 모습이 떠오르지 않아 그동안 서랍에서 꺼내지 않던 졸업앨범을 꺼냈다. 맞아, 우리의 예전은 이랬지. 닿지 않을 것 같던 친구와 연결된 건 우연이 만들어 낸 끈이었다.

우연이 세 번 이상 겹치면 인연이라는 말이 있다. '인할 인因' 자에 '인연 연緣' 자로 이루어진 단어. 그중 '연緣'은 '연분'의 준말로 사람들 사이에 맺어지는 깊은 관계를 나타낸다. 몇 번이나 같은 버스에 올라탄 우리는 반드시 만날 사이라는 믿음이 커졌고, 어느새 필연이라고 느꼈다. 요즘도 버스에 올라탈 때 어떤 우연이 있지 않을까 하는 기대감으로 두리번거린다. 우연 같은 필연이 찾아올지도 모르기에. 나는 익숙한 일상에서도 언제 이벤트를 받을지 모른다며 기대하는 마음으로 살아간다. 그러면 아무것도 아닌 지금은 없다는 걸느낀다.

살짝 그을려도 괜찮아

겨울의 아침은 느릿느릿 온다. 밤이 길어지면서 어둠에 굳어 버린 몸을 조금씩 녹이는 시간을 가진다. 따뜻함을 찾아 부엌으로 향한다. 겨울엔 주로 데우거나 끓이는 아침 식사를 차리기에 일부러 아침 당번을 맡는다. 단골 메뉴는 가래떡구이. 겨울의 아침 식사로 가래떡만 한 게 또 있을까.

냉동실에서 꺼낸 으스스한 가래떡을 팬 위에 올리고 불을 켠다. 탁탁탁 소리에 내 몸도 데워질 준비를 한다. 말랑해지는 가래떡의 나른함에 빠져 적절한 뒤집기 타이밍을 놓쳐 버렸다. 맛있는 조청을 그릇에 이미 담았는데 이를 어째. 멋쩍게 그릇을 놓으며 짝꿍을 바라본다.

"너무 탄 것 같은데…?"

"살짝 그을려도 괜찮아. 감칠맛이 더해지니까!"

타 버린 가래떡을 조청에 푹 찍었다. 많이 구워져 딱딱할 것만 같았던 가래떡은 겉바속촉이었다. 바사삭 부서지는 탄 부분이 떡의 고소함을 끌어올렸다. 생각보다 쫄깃한 가래떡은 금세 사라졌고 두 번째 판을 굽게 되었다.

짝꿍과 가래떡을 두 판이나 비우면서 생각했다. 나에게 말랑말랑한 언어를 구사하는 상대와 함께하면 실수도 싱거운 일이 된다. 서로의 웃음이 엉기면 감칠맛이 더해진다. 또 찾고 싶은 맛이 된다. 요리는 그가 더 잘하지만, 겨울엔 자주 선언한다.

"오늘 아침은 내가 준비할게!"

단단하게 얼어 있는 겨울 아침이 말랑해져서 좋다.

아이스크림과 낙엽 사이의 이별

창밖의 산이 소풍을 떠날 때라고 속삭인다. 나는 수업 시간에 뒷자리 친구에게 쪽지를 몰래 건네받은 것처럼 단풍을 보고 화들짝 놀란다. 속삭임에는 마음을 움직이는 힘이 있다. 점심을 든든하게 먹고 공원에 갔다. 준비물은 가볍고 따뜻한 외투와 편한 운동화면 충분하다. 조용한 공원에 들어서니 가을빛이 반겨 준다. 조금 성급하게 색동옷을 입었던 단풍이 하나둘 떨어지며 가을 전시회를 시작한다.

나무 아래로 천천히 발을 옮길 때마다 '바스락' 소리가 들린다. 가을의 나무들은 '떨켜층'을 만든다. 떨켜층은 겨울을 이겨 내기 위해 나뭇잎을 떨어뜨리는 층을 뜻하는데, 그때 나뭇잎은 뿌리로부터 충분한 물을 공급받지 못하면서 엽록소가 분해되어 노랗고 붉게 익어 간다. 이내 조금 전까지 나무에 있던 단풍은 계단을 내려오듯 춤을 추며 낙엽이 된다. 위에서 아래로, 층층이 떨어지는 잎을 보면 여름의 상실을 느낀다.

단풍나무 아래 쌓인 낙엽을 바라보며 걷는 순간에, 나무에 있는 단풍들도 소리를 낸다. 가을이 인사하는 소리를 들으며 걷다 보면 몸이 따뜻해지기 시작한다. 차갑던 바람은 할머니가 머리를 쓰다듬어 주는 것과 비슷해진다. 외투를 팔에 걸치며 나는 여전히 여름을 떠올린다. 그러나 한 계절의 매듭을 묶어야 그다음으로 넘어갈 수 있다.

공원 앞 편의점에 들어간다.

"소프트콘 하나 주세요."

생크림 같은 달콤함이 입안에 번진다. 부드러운 질감 덕분에 따뜻한 음식 같다고 생각했다. 콘 안으로 빈틈없이 들어찬 아이스크림을 꼭꼭 씹어 넘겼다.

공원으로 돌아가는 길 내내 거리는 바스락거렸다. 내가 콘을 먹는 소리도 엇비슷했다. 그렇게 낙엽과 아이스크림의 이별 합주곡이 시작된다. 여름비, 더위에 흘리는 땀, 시원한 음료 옆 맺히는 물방울. 여름의 물기가 낙엽 사이로 건조하게 사라지는 기분이 든다. 바스락, 와사삭. 여름의 마지막 조각까지 먹어서 없앤다.

여전히 헤어지는 것이 아쉬워 입을 오물거리며 낙엽을 밟아 본다. 이내 더웠던 몸이 식어 가을바람이 차게 느껴진다. 여름을 사랑하는 마음을 담아 남은 더위를 멀리 보내 준다. 내년에 다시 만나.

뒷모습 일기

다이어리를 야심 차게 사 놓고 앞 장에 머물러 있는 사람. 그래도 매년 12월이면 기어코 새 다이어리를 샀다. 빈 공간에 듬성듬성 글이 자리한 순간이 있긴 했다. 일기에 그날 있었던 일, 먹었던 음식에 대해 쓰기도 했지만, 유난히 슬픈 일이 끄적여져 있다.

어딘가에 기댈 수 없는 날이면 다이어리를 펼쳤다. 울음을 참고 슬픈 마음을 종이에 적으면 눈물방울을 올려 두는 것 같았다. 그렇게 쓰인 일기는 다시 읽기 괴로워 다이어리를 펼칠 힘을 무겁게 짓눌렀다. 기쁜 일보다 슬픈 일이 무겁게 자리 잡은 기록이었다.

혼자만의 기록을 누군가에게 보여 주기란 어려운 일이다. 이렇게 무거운 일기를 누군가에게 보여 줄 수 있을까. 가장 가까운 짝꿍이라도 선뜻 펼치기 어렵다. 다른 사람의 일기는 어떨까? 궁금해하다가 환기미술관 30주년 기념 전시인 〈미술관 일기〉를 보러 부암동을 찾았다. 이는 지난 30년 동안 환기미술관의 역사를 돌아보는 전시로, 미술관의 설립자인 김향안 선생님의 일기도 볼 수 있었다.

미술관 건축 때부터 쓰인 30년 치의 일기. 오랜 세월이 담긴 다른 사람의 일기를 본다는 것, 내밀한 속마음을 꺼내 보는 기분이 들어 묘하게 두근거렸다. 미술관의 작은 정원에 들어서니 노랗게 익은 모과나무가 반겨 주었다. 산과 하늘, 그림의 조화가 마음을 안정시켰다.

평일이라 전시를 보는 사람은 둘뿐이었다. 조용한 공간을 좋아하는 우리에겐 사람 없는 미술관 자체가 그림이었다. 각자의 속도대로 전시를 보다가 2층에서 다시 만났다. 그는 큰 그림들 사이에 덩그러니 서 있었다. <어디서 무엇이 되어 다시 만나랴>라는 작품 앞에서 멈춰 있었다. 듬직했던 그의 등이 왠지 모르게 그림 속 점처럼 작아 보였다. 뒷모습으로 슬픔을 말하고 있었다. 그가 쓴 일기를 몰래 보는 기분이 들어 뒤돌아 다른 작품으로 시선을 돌렸다.

그는 울고 있는 것 같았다. 무엇이 그토록 서럽게 했는지 묻지 않았다. 우리는 말없이 내려와 미술관 주변 자연의 소리를 녹음해서 재생하는 곳에 앉아 있었다. 끝없이 이어지는 소리에 부딪히는 흰 벽이 되고 싶었다. 떨어지지 않는 발걸음을 수향산방으로 옮기며 그에게 오래 서 있던 이유를 조심스럽게 물었다. 그는 그림 속 점 하나하나가 말을 건네는 것 같았다고 했다.

김환기 선생님의 그림을 토대로 지어진 공간. 그들의 대화 속에서 미완성으로 남았던 꿈을 끝내 만들어 낸 부인, 김향안 선생님. 일기는 한 사람의 소설이 아닐까 생각해 본다. 오직 하나의 책, 꿈꾸는 사람이 자유롭게 펼칠 수 있는 종이.

미술관은 꿈을 그리던 순간을 잊지 않고 현실이 되었다. 우리는 어디로 흘러가고 있는 것일까. 어둠 속에 따라갈 빛을 새기듯이 슬픈 날도, 기쁜 날도, 보통날도 전부 일기에 적어야겠다고 생각했다. 매일을 적다 보면 어느새 꿈이 옆구리 가까이 다가올지도 모른다. 우리는 부은 눈을 한 채 길 건너 만두집에 들어가 그림처럼 벽을 바라보았다. 여전히 그림의 잔상이 남아 있었다. 그와 나의 스마트폰 배경 화면에는 〈김환기 일기〉 속 한 문장이 자리 잡고 있다.

"…… 꿈은 무한하고 세월은 모자라고."

기다림이 맛있어지는 시간

"나 팝업 행사 하기로 했어."

짝꿍이 비장한 표정으로 꺼낸 한마디. 대체 이게 무슨 소리지? 요리를 좋아하는 그가 와인 선생님과 함께 팝업을 하기로 했다는 것이다. 데이트를 할 때 밥을 먹다 보면 일일 식당에 도전해 보고 싶다는 말을 종종 하던 그였다. 그는 내게 팝업 행사에 필요한 포스터 디자인을 의뢰했다. 함께 만들어 나가고 싶다고 덧붙이면서. '진짜 사람들이 모일까?'라는 작은 의문은 마음속에 꽁꽁 숨겼다. 하고 싶은 일을 얘기하는 들뜬 마음을 말로 멈추고 싶지 않았다. 짝꿍은 한껏 상기된 표정이었다. 그를 위해 사람이 많이 올 수 있도록 포스터를 잘 만들고 싶은 마음이 생겼다.

그는 음식을 만들고, 나는 포스터용 일러스트를 그리고 디쉬 플레이팅을 돕기로 했다. 우리는 그전에 예습을 위해 다른 식당에 가게 되었다. '요리를 전문적으로 하는 사람은 아니지만 흉내라도 내어 보자'라는 마음으로. 손님의 시선에서 음식을 넘어선 다른 것들을 바라보는 시간이 필요했다.

망원동의 작은 식당은 부부가 운영하고 있었고, 테이블 세팅부터 식후 디저트까지 섬세하게 준비해 주는 곳이었다. 예약된 시간을 위해 준비했을 두 사람의 마음을 엿보고 싶었다. 음식의 전체적인 구성은 기존에 올라온 사진에서 예상할 수 있지만, 제철에 어울리는 재료를 사용하기에 어떤 음식이 나올지 모르고 있었다. 여름에 좋은 생선은 뭐지? 어울리는 와인은? 그리고 식사의 마지막에 나올 디저트는 뭘까? 그와 작은 상상을 하며 예약일을 기다렸다.

식당은 서로에게 집중할 수 있는 분위기였다. 기대하던 첫 번째 음식이 나왔지만 바로 포크와 나이프를 들기엔 너무나 아름다웠다. 눈으로 꼭꼭 씹고 마지못해 한 스푼 입에 넣는다. 감탄하느라 다른 말은 하지못했다. '아차, 여기 온 이유가 있었지.' 맛에 집중하려 감았던 눈을 떴다. 이어지는 음식을 기다리면서 일하는 부부의 모습을 바라보았다. 먹는 속도에 맞춰 다음 요리를 준비하고 중간중간 물이나 빵이 부족하진 않은지 확인해 주셨다.

음식을 준비하고 누군가를 기다리는 마음은 무엇일까. 맛있게 먹으며 미소 짓는 사람을 보는 건 요리하는 사람들에게 주어진 보너스일 것이다. 우리는 행사에 참석하는 사람들을 위해 첫 잔에 담길 와인을 고르고, 어떤 음식으로 시작하고 디저트로 마무리할지 함께 머리를 맞대고 고민했다. 그가 선보이고 싶은 건 음식만이 아니었다. 좋은 사람들과 맛을 나누는 시간을 통해 맛이 더 좋아지는 경험을 전하고 싶어 했다.

2주 뒤, 와인 선생님인 송포도 님이 운영하던 아담한 와인 바에서 팝업 행사가 열렸다. 점심, 저녁을 통틀어 스무 명이 넘는 사람이 오갔다. 서툴렀을 우리의 행사에 기꺼이 와 준 고마운 사람들. 생각보다 많은 인원으로 정신없이 움직이느라 손님들을 천천히 바라볼 수 없었다. 그런 나를 붙잡고 맛있다는 말을 콕 집어 해 주는 분들 덕분에 가게 안을 둘러보게 되었다. 함께 돌아오는 미소를 맞이하니 기다림은 가치 있는 일이라 느꼈다. 기다림을 맛으로 표현하자면 기대하는 마음을 꾹꾹 눌러 담은 맛일 것이다.

그날의 행사는 적절한 때에 그다음 요리를 내기 위해 기다리는 일이었고, 음식을 먹은 사람들의 표정이 행복하길 기대하는 일이었다. 우리가 좋아하는 일을 함께 나누면서 여름의 중간에서 기다림이 맛있어지는 시간을 보냈다.

준비부터 뒷정리까지 꼬박 12시간이 걸렸다. 정리를 마치니 은근한 긴장이 풀리면서 몸이 아파 왔다. 차를 타고 집에 돌아가는데 팡 소리에 고개를 돌렸다. 즐거운 고단함 속에서 만난 불꽃놀이는 박수를 쳐 주는 것 같았다. 그 여름은 음식을 먹으려 기다리는 사람이기도 했고, 직접 만든 음식을 건넬 사람을 기다리기도 했다. 기다림을 통해 우리는 숙성되었다.

마음의 물리치료실

: 한숨 자고 일어나면 모든 게 평온해지는

초판 1쇄 인쇄 2023년 11월 10일
초판 1쇄 발행 2023년 11월 21일

지은이 ◈ 배누
펴낸이 ◈ 이준경
책임편집 ◈ 김경은   기획 ◈ 이준경
책임디자인 ◈ 이 윤   디자인 ◈ 정미정
마케팅 ◈ 손동운, 이준경   펴낸곳 ◈ 지콜론북

출판등록 ◈ 2011년 1월 6일 제406-2011-000003호
주소 ◈ 경기도 파주시 문발로 242 3층
전화 ◈ 031-955-4955
팩스 ◈ 031-955-4959

홈페이지 ◈ www.gcolon.co.kr
트위터 ◈ @g_colon
페이스북 ◈ /gcolonbook
인스타그램 ◈ @g_colonbook

ISBN ◈ 979-11-91059-50-2(03810)
값 ◈ 16,800원

잘못된 책은 구입한 곳에서 교환해 드립니다.
지콜론북은 예술과 문화, 일상의 소통을 꿈꾸는 ㈜영진미디어의 출판 브랜드입니다.